DIESES BUCH GEHÖRT:

Die drei !!!

Die drei !!!

Der Fluch der Fee

Ohne Netz und doppelten Boden

»Wie bitte?« Marie verschränkte die Arme und sah Kim fassungslos an. »Warum sollte ich das wollen? Ein Wochenende in schlabbrigen und nicht gerade schmeichelnden Outdoor-Klamotten, kein Handy, keine Schminksachen und kein richtiges Dach über dem Kopf? Und das alles freiwillig? Nie im Leben.«
Kim grinste. Es war ihr durchaus klar gewesen, dass Marie von ihrem Vorschlag nicht gerade begeistert sein würde. Aber Sebastian, der Leiter ihres Schreibworkshops und Redakteur bei der *Neuen Tageszeitung*, hatte sie gefragt, ob sie einen Artikel über ein Wochenendseminar schreiben würde. Ein Wochenendseminar der besonderen Art: mitten in der Natur und ohne jegliche technische Hilfsmittel. Kim war sofort Feuer und Flamme gewesen. Wie lange war es her, dass sie mehrere Tage keinen Handyempfang gehabt hatte? Zu lange. Außerdem gefiel ihr die Vorstellung, in Schlafsäcken im Freien zu schlafen und nur das zu essen, was der Wald zu bieten hatte. Und noch besser fand sie es, dass sie danach einen Artikel für die Jugendseite der Zeitung über ihre Erfahrungen schreiben durfte. Heute richte-

te sie das Detektivclubtreffen der drei !!! bei sich zu Hause aus, um ihren Freundinnen und Detektivkolleginnen von dem Wochenende zu erzählen. Und natürlich, um sie zu fragen, ob sie mitkommen wollten.
»Na, komm, Marie«, sagte Franzi und knuffte Marie freundschaftlich in die Seite. »An Zelte hast du dich schon fast gewöhnt, da wird dir der wunderbare Sternenhimmel über deinem Kopf nichts ausmachen, oder?«
Vor einiger Zeit hatten sie einen Fall gelöst, in dem es um Wildpferde gegangen war. Da hatte es weder ein Hotel noch ein frisch gemachtes Bett gegeben und Marie hatte sich zunächst geweigert, vor Ort zu übernachten.
»Das war doch etwas völlig anderes«, wandte Marie ein und musterte ihre kunstvoll manikürten Fingernägel. »Erstens war das letzte Zelt kein einfaches Zelt, sondern eine hippe Luxus-Jurte, in die ich sogar ein kleines Schminktäschchen schmuggeln konnte, und zweitens hatte ich da noch nicht meine Fingernägel-Einzelstücke hier.«
Kim betrachtete Maries Hände genauer. Es war völlig normal, dass Marie fein säuberlich manikürte Nägel mit einem zum Outfit passenden Nagellack hatte. Doch heute glitzerten sie viel auffälliger als sonst.
»Feenstaub«, erklärte Marie ernst. »Meine Fingernägel sind damit überzogen. Er glitzert im Tageslicht und leuchtet im Schwarzlicht.«
Franzi schüttelte verständnislos den Kopf und musste ein Kichern unterdrücken. »Kommt mir nicht sehr alltagstauglich

vor. Ich meine, wo ist schon Schwarzlicht? Oder musst du, um deine Nägel zu bewundern, nun jede Nacht in die Disco gehen?«

»Pah«, machte Marie eingeschnappt. »Das mit dem Schwarzlicht ist nur der Zusatzeffekt. Die Hauptsache ist, dass meine Nägel in der Sonne schön glitzern. Rudolfo hat nicht zu viel versprochen.«

»Rudolfo?«, fragte Franzi.

»Ja, von *Rudolfo's Fairy Nails*. Der Besitzer des neuen Nagelstudios in der Innenstadt. Er sagt, man verwandelt sich mit diesen Nägeln in eine echte Fee. Und ich muss sagen, dass er recht hat. Ich fühle mich seitdem überirdisch und geheimnisvoll. Beinahe so, als würde der Glitzerstaub auf meinen Nägeln in all die anderen Sphären um uns herum leuchten.«

»Das meinst du nicht im Ernst, oder?« Kim runzelte die Stirn.

»Ich denke, deine Nägel sind eher ein Argument mitzukommen«, meinte Franzi zufrieden. »Feen sind Naturwesen. Und wenn du durch die Nägel dein feenhaftes Ich erweckt hast, gehst du bei dem Workshop also gewissermaßen nach Hause in deine Feenwelt. Außerdem ist diese Extremerfahrung in der wilden Natur auch für unser Detektivteam gut: Es wird uns noch mehr zusammenschweißen. Wir werden uns immer daran erinnern, wie wir die letzte Blaubeere, die wir im Wald auftreiben konnten, drittelten, um nicht vor Hunger zu sterben und …«

»Aufhören«, unterbrach Marie sie und klackerte mit den Nägeln auf Kims Schreibtischplatte. »Das ist gruselig. Und seit wann müssen wir uns durch die Wildnis zusammenschweißen lassen? Wir haben so viele schwierige Fälle gemeinsam gelöst. Und das vor allem, weil wir uns blind aufeinander verlassen können und weil wir allerallerallerbeste Freundinnen sind. Oder hab ich da was missverstanden?«

Franzi lachte. »Hast ja recht. Wir *brauchen* die Erfahrung nicht, aber *schaden* kann sie uns auch nicht.«

Kim kam ein Gedanke. Für Marie brauchte sie einen anderen Köder. Schnell schnappte sie sich ihren Laptop und klickte ein paar Mal mit der Maus. »Ha! Wusste ich es doch«, sagte sie dann und schob Marie den Bildschirm vor die Nase. »Vielleicht kann dich diese Information umstimmen? Der Ort, an dem der Workshop stattfindet, heißt Feienbach. *Feien* ist ein alter Name für Feen. Du wirst dich dort bestimmt wohler fühlen, als du denkst!«

»Na und?«, antwortete Marie missmutig. »Das ändert nichts an den äußerst unbequemen Umständen, oder?« Sie warf einen schnellen Blick auf die Internetseite des Workshops, die Kim geöffnet hatte. Plötzlich hellte sich ihre Miene auf. Mit dem Glitzernagel des Zeigefingers zeigte sie auf das Foto eines jungen Mannes um die zwanzig. Er hatte blonde wuschelige Haare, Sommersprossen und lächelte verschmitzt in die Kamera. »Wer ist das denn?«, fragte sie.

Kim grinste. Marie hatte angebissen. Wenn auch an anderer Stelle. »Das ist Matti Hein. Er leitet den Workshop.« Kim versuchte, wie nebenbei den Rechner zuzuklappen, aber Marie hinderte sie daran.

»*Das* … ist der Leiter?«, fragte sie und starrte das Foto verträumt an. »Der ist ja süß!« Dann setzte sie sich mit einem Ruck auf und verkündete: »Mädels, ich bin dabei. Wann geht es los?«

Auf nach Feienbach

Frau Jülich stand mit einer Mappe in der Hand im Garten und durchblätterte die losen Zettel, die darin lagen.
»Wo sind denn nur die Asanas zum Thema Stress?«, murmelte sie und seufzte. »Wir haben nur noch eine halbe Stunde Zeit, bevor ihr losfahrt!«
Sie ließ sich auf einen Gartenstuhl plumpsen und nahm sich den ziemlich dicken Stapel noch einmal von vorne vor. »Das gibt es doch nicht«, murmelte sie immer wieder. »Ich hatte sie extra für euch drei Abenteuerinnen rausgelegt!«
Kim tauschte einen verschwörerischen Blick mit Franzi und Marie. Als Frau Jülich von dem Wochenende fernab aller elektronischen Geräte und Errungenschaften der modernen Welt gehört hatte, war sie sofort Feuer und Flamme gewesen. Seit ein paar Wochen machte sie eine Ausbildung zur Yogalehrerin. Entspannung und zur Ruhe kommen wurde bei ihr gerade großgeschrieben. Sie hatte sich sofort bereit erklärt, die drei !!! auf ihr Abenteuer vorzubereiten, und hatte einige Yoga-Übungen herausgesucht.

Kim trat von einem Fuß auf den anderen. Die grüne Matte unter ihren nackten Füßen fühlte sich glatt und warm an. Links von ihr stand Marie auf einer fliederfarbenen Matte, Franzi hatte rechts von ihr auf einer sonnengelben Platz genommen.
Kim freute sich auf das Wochenende. Auch wenn sie ihren Freund David vermissen würde. *Nicht* vermissen würde sie allerdings die nervigen Diskussionen über ein neues Schreibprojekt. David und sie hatten vor Kurzem einen Fantasykrimi in einem E-Book-Verlag herausgebracht. Ihr Roman war ein ziemlicher Erfolg geworden, womit die beiden nicht gerechnet hatten, und der Verlag wünschte sich eine Fortsetzung. David hatte sofort loslegen wollen, aber Kim war dagegen gewesen. Sie wusste selbst nicht genau, warum sie sich nicht einfach daransetzen und mit David eine neue Geschichte erfinden konnte. Ihr Gehirn, das sonst vor Romanideen nur so sprudelte, war völlig leer gefegt. Klar, dass sie sich mit David deswegen immer wieder in die Haare bekam. Der konnte überhaupt nicht verstehen, was mit ihr los war, und vermutete, er wäre der Grund für Kims Zögern. Sebastian hatte sie mit seiner Anfrage für den Artikel für die Jugendseite vor weiteren nicht enden wollenden Streitereien gerettet. Darauf hatte sie wirklich Lust und damit konnte sie David glaubhaft vertrösten.
»Hier!«, rief Frau Jülich in diesem Moment. »Hier sind die Übungen! Jetzt können wir anfangen! Stellt euch bitte hin und spürt eure Fußsohlen auf der Matte. Verlagert euer Gewicht von vorne nach hinten und kommt in eurer Mitte zur Ruhe. Und dann setzt euch auf die Knie, streckt die Arme nach

vorne und kommt langsam in den nach unten schauenden Hund.«

Kim schielte zu Marie und versuchte, alles nachzumachen, was ihre Freundin tat. Marie hatte lange Zeit Yogastunden genommen, sie wusste sicher, was ein nach unten schauender Hund war.

»Nein, Pablo«, quiekte ihre Mutter. »Nicht das Gesicht. Pfui.«

Kim ließ den Po wieder nach unten sacken und blickte nach vorne.

Pablo, der verspielte Familienhund der Jülichs, hatte eine Pfote auf den Rücken ihrer Mutter gestellt und leckte ihr freudig über die Wange.

Kim kicherte.

Frau Jülich stand auf, griff Pablos Halsband und zerrte ihn zurück ins Haus. Dann schloss sie mit einem Rumms die Terrassentür.

»Noch mal von vorn«, sagte sie bestimmt, setzte sich, legte Zeigefinger und Daumen zusammen und sang: »Oooooooooooommmm.«

Kim öffnete die Augen. Ah! Die Entspannungsmeditation am Ende der Yogastunde hatte gutgetan. Sie reckte und streckte die Arme und blinzelte zu Marie und Franzi.

»Das war die perfekte Einstimmung auf unser Wochenende«, sagte Marie. »So cool, dass deine Mutter diese Ausbildung macht! Danke, Frau Jülich!«

Frau Jülich rollte gerade die Matten ein. »Gerne, Marie. Hättet ihr Lust, in der nächsten Zeit meine Versuchskaninchen zu sein? Ich muss schließlich viel üben.«
»Klar, super!« Marie strahlte.
»Aber nur, wenn wir nicht mit einem Fall beschäftigt sind«, sagte Kim streng. »Detektivarbeit hat Vorrang. Immer.«
Es knatterte und puffte. »Stefan ist da«, meinte Franzi. »Unseren Uralt-Kombi erkenne ich unter tausend Autos. Seit ich denken kann, klingt er so, als würde man nicht ans Ziel kommen. Und doch tut er, was er soll. Fahren.«
Weder Jülichs noch Winklers oder Grevenbroichs hatten Zeit, die drei !!! nach Feienbach zu fahren. Das Dorf war etwa eine halbe Autostunde entfernt, und Stefan, Franzis älterer Bruder, hatte sich bereit erklärt, die drei Mädchen zu ihrem Wochenend-Abenteuer zu bringen.
»Soll das auch mit?«, fragte Stefan und deutete auf ein kreischrotes winziges Paket, das neben Kims und Franzis Rucksäcken stand.
Er runzelte die Stirn. »Ich meine, ihr wollt die Natur doch erleben und nicht erschrecken, oder?«
»Das ist mein neuer Schlafsack«, erklärte Marie. »Und ja, ich möchte möglichst vermeiden, dass eine Kuh auf mich tritt, nur weil sie mich nicht sieht.«
Stefan lachte und warf Maries Schlafsack zu den anderen in den Kofferraum des Kombis. »Na dann. Man kann nur hoffen, dass die Kuh von diesem Farbangriff nicht blind wird.«
Marie warf Stefan einen strafenden Blick zu.

»Es ist total nett, dass du uns fährst«, versuchte Kim auf ein anderes Thema zu kommen. »Meine Mutter hat ihren Yoga-Lehrgang und mein Vater muss unbedingt eine Kuckucksuhr bis morgen fertig bekommen.«

In letzter Zeit hatten Kims Eltern wenig Zeit gehabt. Kim freute sich riesig darüber, dass ihr Vater mit dem Bauen von Kuckucksuhren so großen Erfolg hatte. Und dass ihre Mutter mit der Yogaausbildung einen Ausgleich zu ihrer kraftraubenden Arbeit in der Schule gefunden hatte. Aber das bedeutete gleichzeitig, dass Kim und ihre Zwillingsbrüder häufig allein klarkommen mussten.

»Kein Problem«, meinte Stefan und klopfte auf die Kofferraumklappe. »Die Pferdestärken hier hatten heute sowieso noch keinen Auslauf. Habt ihr alles?«

Kim und Franzi nickten. Nur Marie drehte nervös an einer ihrer blonden Haarsträhnen. »Frag lieber, was ich alles *nicht* dabeihabe! Keine Ahnung, wie ich es ohne Glätteisen, Wimperntusche und Lipgloss aushalten soll. Ich fühle mich jetzt schon wie eine graue Maus, die sich hinter einem Mauerblümchen versteckt.« Sie fuhr sich durchs Haar und ihre Fingernägel funkelten im Gegenlicht.

»Eine graue Maus mit Glitzerkrallen?« Franzi kicherte. »Hab *ich* noch nie gesehen.«

Der Weg nach Feienbach führte über Landstraßen, doch Stefan hatte unbedingt eine Geheimabkürzung über einen Feldweg fahren wollen. Nach ein paar Minuten wurden die Schlaglöcher

immer tiefer, die Ausweichmanöver immer waghalsiger und die Laune der drei !!! immer schlechter.
Nur Stefan schien die rumpelige Straße gar nichts auszumachen. Im Gegenteil. Er genoss die Querfeldeinfahrt anscheinend sogar.
»Gib's zu. Das hast du mit Absicht gemacht«, knurrte Franzi. »Bestimmt hab ich morgen lauter blaue Flecken am Hintern.«
Stefan grinste. »Nur ein ganz kleines winziges bisschen, ich schwöre. Ich muss euch doch auf die wilde und raue Natur vorbereiten. Dann habt ihr heute Nacht weniger Angst, wenn euch ein paar Wölfe besuchen kommen.«
Marie kreischte und griff panisch nach Kims Hand. »Wölfe? In Feienbach gibt es Wölfe? Davon hast du aber nichts gesagt, Kim.«
»Quatsch«, versuchte Kim ihre Freundin zu beruhigen. »Dort gibt es keine Wölfe und keine Tiger und auch Elefanten werden nur höchst selten beobachtet.«
»Haha, macht euch nur alle lustig. Ich lass euch nicht in meinen roten Schlafsack, wenn euch heute Nacht vor Angst die Knie schlottern«, sagte Marie und verschränkte die Arme.
»Mach dir keine Sorgen, okay?« Kim strich über Maries Arm. »Ich finde es ganz toll, dass du dich überwunden hast und mitgekommen bist.«
Marie sah Kim an. »Hatte ich eine Wahl? Ich meine, wir sind schließlich beste Freundinnen. Ist doch klar, dass wir das zusammen durchstehen.« Sie lächelte tapfer.
»Na, ich hoffe mal, es gibt nicht so viel durchzustehen. Ich freu

mich schon total«, meinte Franzi. »Vielleicht kann ich den einen oder anderen Kräutertipp von Matti für die Backkreationen meiner Mutter verwenden. Neulich haben wir einen Orangen-Rosmarin-Kuchen gebacken. Himmlisch, sage ich euch. Hätte ich vorher im Leben nicht geglaubt, dass Rosmarin im Kuchen irgendwas taugt.«
Marie und Kim schüttelten sich gleichzeitig.
»Bäh«, machte Marie.
»Klingt gruselig«, sagte Kim.
»Ihr seid Kuchen-Banausen. Echt.« Franzi zog einen Schmollmund.
Kim grinste und sah aus dem Fenster. Der Feldweg führte mittlerweile durch einen ziemlich finsteren Wald. Nadelbäume standen dicht an dicht, sodass kein Sonnenstrahl durch die Kronen dringen konnte. Plötzlich hatte sie ein eigenartiges Gefühl. Irgendetwas an diesem Wald bereitete ihr Unbehagen. Die Wurzeln der Bäume waren merkwürdig ineinander verschlungen. Es sah so aus, als würden sich die Bäume ängstlich aneinander festhalten. Kim ärgerte sich über sich selbst, weil sie sich von der Stimmung einschüchtern ließ. Sie musste dringend ihre Vernunft einschalten. Das hier war ein dichter Wald, deswegen gab es kein Licht. Und es war völlig normal, dass Wurzeln überirdisch verliefen und sich miteinander verknoteten.
Auf einmal rumpelte es im Motor. Ein hohes Pfeifen ertönte und dann ein lautes Surren.
»Mist«, fluchte Stefan. »Was ist das denn?« Er schlug mit beiden Händen auf das Lenkrad.

»Soll das heißen, das Auto gibt hier in diesem Gespensterwald seinen Geist auf?« Marie warf Kim einen panischen Blick zu.
»... im Gespensterwald seinen Geist auf, du bist gut«, antwortete Kim düster. »Gespenster sehe ich zwar keine, aber euer treuer Kombi hat sich nicht gerade meine Lieblingsstelle ausgesucht, um kaputtzugehen.«
»Das ist nicht witzig«, meinte Franzi, die dachte, Stefan erlaubte sich einen Spaß mit ihnen. »Fahr weiter!«
»Schwesterherz, ich kann nicht zaubern. Unsere geliebte Lieblingskarre macht wirklich keinen Mucks mehr.« Er drehte den Zündschlüssel, um Franzi zu zeigen, dass er die Wahrheit sagte. *Tucktuck* machte der Motor – und dann war wieder Stille. Stefan starrte durch die Windschutzscheibe nach draußen. »Nützt nichts, wir müssen raus und versuchen, das Auto zu reparieren.«
»Wie weit ist es noch bis Feienbach?«, fragte Marie.
»Nicht mehr weit.« Stefan zog sein Handy heraus. Konzentriert betrachtete er die Satellitenkarte der Navigationsapp und zeigte auf den grünen Gürtel, der sich wie ein Halbkreis um eine Wiese schmiegte. »Wir sind genau hier. Ungefähr 500 Meter vom Dorf entfernt. Ihr könntet laufen. Aber ich muss heute noch zurückfahren.«
»Wir helfen dir natürlich«, sagte Franzi. »Das ist doch selbstverständlich.«
Kim beobachtete sie. Sie hatte die Augenbrauen zusammengezogen und zog nervös ihre Zöpfe fest. Es war mehr als deutlich. Franzi war dieser Ort auch alles andere als geheuer.

Sie stiegen aus. Kim schnupperte. In den angenehmen waldigen Geruch mischte sich ein modriger, fast fauliger. Ganz in der Nähe krächzte ein Rabe.

»Kim, zieh bitte mal an dem Hebel neben dem Lenkrad, mir ist die Motorhaube wieder zugefallen«, bat Stefan sie.

Kim zog an der Lasche und mit einem *Klick* sprang die Motorhaube auf. Stefan stemmte sie nach oben und sicherte sie, indem er die Metallstange an der Haube einrastete. Dann holte er Werkzeug aus dem Kofferraum und begann, am Motor herumzuwerkeln.

»Das ist ganz schön unheimlich«, sagte Marie. »Wir haben Frühsommer. Und hier ist alles dunkel und feucht.«

»Stefan schafft es bestimmt, den Motor in ein paar Minuten wieder zum Laufen zu bringen!«, versuchte Kim sie zu beruhigen. »Und wenn nicht, können wir ja Hilfe aus dem Ort holen.«

Marie nickte tapfer. »Ich habe einfach nur das Gefühl, dass wir hier schnell wegsollten. Als wäre der Ort verflucht.«

»Habt ihr nicht gesagt, dass der Name des Ortes was mit Feen zu tun hat?«, fragte Franzi, die sich mit Stefan über die geöffnete Motorhaube beugte. »Also wenn ich es nicht besser wüsste, würde ich sagen, hier war eine böse Waldfee am Werk.«

»Eine böse Waldfee, die uns das Motoröl raubt? Das glaube ich nicht!« Stefan lachte. Er zeigte den drei !!! den Stab, mit dem man den Ölstand messen konnte. »Das ist der Grund – kein Öl! Offensichtlich funktioniert die Warnleuchte am Armaturenbrett nicht mehr.« Er ging erneut zum Kofferraum und holte eine Flasche Motoröl. »Damit sollte unser Auto wieder laufen wie geschmiert!«

Stefan hatte recht. Als er das Öl nachgefüllt hatte, ließ sich der Wagen wieder starten. Und zehn Minuten später holperten sie auf dem Feldweg aus dem Waldstück.

Kim atmete auf. Endlich wieder Sonne und Weite und keine Wurzel weit und breit.

»Da seht ihr die ersten Häuser von Feienbach«, sagte Stefan und deutete nach vorne.

Sie fuhren auf eine schmale, geteerte Straße.

»Ist das alles?«, fragte Marie verwundert. »Die paar Häuser?«

»Nein«, antwortete Kim und zog eine Landkarte aus dem Rucksack. Sie reichte sie Marie. »Guck mal. Die Lage des Dorfes ist megainteressant. Die Häuser hier sind im Halbkreis um eine Lichtung erbaut. Das ist auch die Lichtung, auf der wir später unser Lager aufbauen werden«, erklärte Kim. »Der Häuserring geht in den Wald über, durch den wir gerade gefahren sind. Und dahinter fließt ein Fluss. Auch wieder in einem Kreis.«

»Huch. Das sind ja drei Kreise. Einmal die Runde Lichtung, dann die Häuser und der Wald und dann der Fluss. Merkwürdig. So etwas habe ich noch nie gesehen.« Franzi staunte.

Marie hatte plötzlich ein Funkeln in den Augen. »Wie eine Kultstätte«, sagte sie. »Die Feen, die Kreise, der unheimliche Wald. Glaubt ihr, das hat etwas zu bedeuten? Ich denke da an Stonehenge oder die alten Ruinen der Maya. Mystische Orte. Kraftorte.«

Kim schüttelte den Kopf. »Glaub ich nicht. Das ist bestimmt nur Zufall. Die Leute wollten nicht auf die schöne Lichtung bauen und nach hinten hat ihnen der Feienbach keinen Platz gelassen. Daher die Anordnung.«
»Möglich«, sagte Marie. »Mein spezieller Sinn fürs Übersinnliche sagt mir jedoch, dass das alles andere als zufällig ist.«
Franzi seufzte. »Was haltet ihr davon, wenn wir uns das Dorf erst mal ansehen? Und falls wir einem Geist oder anderen mystischen Gestalten begegnen sollten, können wir uns über die drei Kreise immer noch Gedanken machen, einverstanden?«
Plötzlich bremste Stefan ruckartig. »Nummer 3? Das war doch die Hausnummer, zu der ihr wolltet, oder? Hier ist es!«
»Genau.« Kim nickte. »Hier sind wir mit Matti Hein verabredet. Die Gruppe trifft sich erst bei Frau Hein, der Mutter von Matti. Dort lernen wir uns kennen und Matti stellt uns das Programm vor.«

Die drei !!! stiegen aus und hievten ihre Sachen aus dem Kofferraum. Kim schulterte ihren Rucksack, packte den Schlafsack unter den Arm und betrachtete das große Haus. Es war hellgrün gestrichen; die Fensterläden in einem warmen Dunkelrot bildeten dazu einen schönen Gegensatz. Auf der Holzbank vor dem Haus stand ein weißer Margeritenstock, der üppig blühte. Kim holte ihr Handy heraus und machte ein Foto.
»Hey, ich dachte, Handys sind nicht erlaubt«, beschwerte sich Marie. »Ich habe meines brav zu Haus gelassen und du knipst munter vor dich hin? Das ist aber alles andere als fair!«

»Das letzte Bild für dieses Wochenende, versprochen. Dann gebe ich mein Telefon bei Frau Hein ab«, sagte Kim feierlich. Sie überlegte einen Augenblick, ob sie die Aussicht auf ein handy- und computerfreies Wochenende immer noch so gut fand. Einige ihrer Klassenkameradinnen hätten definitiv mit Schnappatmung reagiert, wenn sie ein Wochenende ohne ihr geliebtes Smartphone hätten verbringen müssen. Kim hatte das noch nie verstanden. Belangloses Chatten war einfach nicht ihr Ding. Für sie war das Handy in erster Linie praktisch: und zwar für ihre Detektivarbeit. Vor allem, dass sie Marie und Franzi jederzeit erreichen konnte, war einfach genial. Doch Franzi und Marie waren das ganze Wochenende bei ihr, einen Fall hatten sie gerade nicht zu lösen und Tagebuch-Einträge und Notizen für den Zeitungsartikel würde sie ausnahmsweise in ihr Detektivheft schreiben. Also alles kein Problem. Das Handy würde ihr nicht fehlen. »Lasst uns reingehen. Wir sind durch die Ölkrise sowieso schon ein bisschen zu spät dran!«

»Da seid ihr ja! Herzlich willkommen!« Eine Frau mit blonden Wuschellocken und einem grell geblümten Rock kam den Freundinnen entgegen, winkte sie heran und hielt ihnen die Tür auf. Die Frau lachte die drei !!! freundlich an. Kim bemerkte die beiden Grübchen auf ihren Wangen. Matti, ihr Sohn, war ihr wie aus dem Gesicht geschnitten. Um den Hals trug Frau Hein eine auffällige goldene Kette, in die wertvoll aussehende rote Steine eingearbeitet waren. »Mit euch dreien ist die Runde nun vollständig!«, sagte Frau Hein. »Matti und die anderen warten schon auf euch.«

Stefan wuchtete Maries riesigen Rucksack aus dem Kofferraum und stellte ihn zu den beiden anderen. »Braucht ihr mich noch?«

Kim und Franzi schüttelten schnell den Kopf, Marie ein wenig zögerlicher. »Nein. Danke fürs Fahren!«

»Dann viel Spaß mit eurem elektronikfreien Survival-Wochenende«, sagte er, stieg ein und brauste davon.

»Auf Wiedersehen, Zivilisation«, murmelte Marie und blickte dem Wagen sehnsüchtig hinterher.

Geschmeidiges

»So schlimm wird es schon nicht werden.« Frau Hein lachte. »Lernt erst einmal die anderen Teilnehmer kennen und trinkt eine leckere Tasse von meinem Spezial-Kakao.«

Spezial-Kakao? Das klang ja fast wie ihr Lieblingsgetränk *Kakao Spezial*. Diesen wunderbar vanilligen, superleckeren Kakao gab es im *Café Lomo*, dem Stammcafé der drei !!!, wo sie schon viele Fälle besprochen hatten. Kim lächelte: Die Sache ließ sich noch besser an, als sie erwartet hatte. Sie sah zu Marie hinüber und bemerkte zufrieden, dass die sich voller Vorfreude die Lippen leckte.

»Ihr könnt euer Gepäck draußen lassen.« Frau Hein deutete auf die Reihe an Schlafsäcken und Rucksäcken, die die anderen Teilnehmer des Seminars schon an die Hauswand gelehnt hatten. Offensichtlich bemerkte Frau Hein Maries misstrauischen Blick und ergänzte schnell: »Ihr müsst euch keine Sorgen machen. Hier kennt jeder jeden und es wird nichts geklaut. In Feienbach geht alles mit rechten Dingen zu.«

»*In* Feienbach vielleicht, aber gilt das auch für den Wald rund-

herum?«, murmelte Marie so leise, dass nur Franzi und Kim sie hören konnten.
Franzi knuffte Marie in die Seite. »Hör auf, Panik zu machen. In dem Wald war nichts Besonderes, echt. Lasst uns erst mal abwarten …«
»… und Kakao trinken«, schloss Kim.

Kurz darauf traten die drei !!! in die Küche. In der Ecke war ein Kachelofen, der den Raum im Winter sicher behaglich warm machte. Kim fühlte sich sofort wohl. Vor dem Kachelofen stand ein großer Holztisch mit einem Strauß Wiesenblumen darauf. Am Tisch saßen zwei Jungen und zwei Mädchen. Vor jedem von ihnen dampfte bereits eine Tasse Kakao. Kim atmete tief ein. Mmm. Lecker. Kakao-Duft gehörte unbedingt in die Top Ten der besten Gerüche aller Zeiten. Wenn nicht sogar unter die Top Drei!
Ein junger Mann rührte mit dem Rücken zu ihnen am Herd in einem Topf. Das musste Matti sein, die blonden Wuschelhaare verrieten ihn. Er drehte sich um und strahlte sie mit einem breiten Zahnpastagrinsen an. Die vielen Sommersprossen auf seinen Wangen und auf der Nase schienen im Sonnenlicht, das durch das Küchenfenster hereinfiel, zu tanzen. Kim wusste einen Augenblick nicht, was sie sagen sollte. Matti sah live und in Farbe noch dreimal besser aus als auf dem Foto der Webseite.
Marie schien von Matti mindestens so beeindruckt zu sein wie Kim, denn sie versuchte hektisch, gleichzeitig ihre Frisur in Ordnung zu bringen und ihre Jeans zurechtzuziehen.

»Hallo«, grüßte sie in die Runde, starrte in Wahrheit aber nur Matti an. »Ich bin Marie.«

Und Matti fühlte sich offensichtlich angesprochen, denn er kam auf sie zu und schüttelte ihr die Hand. »Hallo, Marie. Freut mich.« Dann blickte er zu Kim. »Bist du Kim? Die mit dem Zeitungsartikel? Sebastian hat mir von dir erzählt.«

»Ihr kennt euch?«, fragte Kim erstaunt.

Matti nickte. »Unsere Eltern sind befreundet. Wir haben früher viel zusammen abgehangen.«

»Cool«, sagte Kim. Sie konnte sich gut vorstellen, dass die beiden sich prima verstanden.

Sebastian war locker und unkompliziert und genauso wirkte Matti auch.

»Und ich bin Franzi«, sagte Franzi, als der Blick des Gruppenleiters auf sie fiel.

»Mit euch sind wir vollständig. Dann stelle ich euch mal eure Mitstreiter für das Wochenende vor«, meinte Matti. »Das hier sind Jesper und Knut.« Er deutete auf die beiden Jungs, die unterschiedlicher nicht hätten aussehen können: Knut saß im Schneidersitz auf der Ofenbank und lehnte seinen Oberkörper an die Kacheln. Er lächelte den drei !!! zu. Seine Dreadlocks waren zu einem langen Zopf gebunden, und Kim fiel auf, dass sich die Farbe seiner Haare kaum von der seines dicken, grob gestrickten Wollpullis und seiner etwas angeschmuddelten Trekkinghose unterschied.

Jesper hingegen wirkte wie aus dem Ei gepellt. Alles, was er trug, war ordentlich und sauber. Sogar sein Gesicht glänzte, als hätte er es gerade poliert. Die rote Fleecejacke, die brandneu wirkte und seinen breiten Oberkörper noch unterstrich, stand ihm besonders gut. Außerdem hatte er die Haare oben lang und in Wellen und an den Seiten kurz rasiert. Er sah aus wie ein Model.

Kim war sich ein wenig unsicher, was sie von ihm halten sollte. Sie war sich natürlich darüber im Klaren, dass man Menschen, die man gerade erst kennengelernt hatte, nicht rein nach ihrem Äußeren beurteilen durfte. Doch seine Erscheinung hatte etwas an sich, das Kim nicht ganz einzuordnen wusste. Er wirkte so perfekt. Zu perfekt. Sie gab ihm die Hand. Ein dezenter, aber angenehmer Duft nach Zitrone und Sandelholz stieg ihr in die Nase.

»Und das hier«, fuhr Matti fort, »sind Ria und Simone.«

Ria winkte und Simone lächelte schüchtern, hielt ihren Blick jedoch vor sich auf den Kakao gesenkt. Die beiden Mädchen wirkten sympathisch, fand Kim. Ria hatte schwarze glänzende Haare, die ihr lang über die Schulter fielen, und olivfarbene Haut. Neben Ria sah Simone ziemlich unauffällig aus. Dünne blonde Haare, die strähnig herunterhingen, ein blasses Gesicht und ganz in Grau gekleidet. Trotzdem strahlten ihre Augen und sie schien sehr froh zu sein, noch weibliche Unterstützung bekommen zu haben.

Das waren also die Menschen, mit denen sie das Wochenende verbringen sollte. Da hätten sie es definitiv schlechter treffen können, urteilte Kim zufrieden.

In diesem Augenblick kam Frau Hein mit einem Tablett voller

Kuchen in die Küche. »Hier, greift zu. Ich habe euch Orangenkuchen gebacken. Die nächsten zwei Tage werdet ihr nur essen, was der Wald euch serviert. Das wird auch lecker werden, das verspreche ich, aber mit selbst gebackenem Kuchen ist es natürlich nicht vergleichbar«, sagte sie und strahlte. Sie stellte den Teller auf den Tisch und drückte jedem eine Gabel in die Hand. Kim ließ sich das nicht zweimal sagen. Sie schnappte sich den kleinen Teller, den Frau Hein ihr reichte, und nahm sich das größte Stück, das sie entdecken konnte. Auch die anderen bedienten sich.

Es wurde ganz still im Raum, man hörte nur Kauen und Schlucken.

Plötzlich begann Franzi zu kichern. »Frau Hein, was haben Sie in den Kuchen hineingetan? Der ist absolut himmlisch.«

»Freut mich, dass er dir schmeckt. Ich bin ein Kräuterfan. Und da dachte ich, ich experimentiere ein wenig mit Rosmarin.«

»Ich wusste es! Rosmarin-Orangenkuchen!«, rief Franzi glücklich und schnappte sich die Kuchenreste von Maries und Kims Teller. »Ich kann meine liebsten Freundinnen einfach nicht weiter leiden lassen und erbarme mich! Ihr findet diese Kombination doch absolut schrecklich, habt ihr vorhin gesagt ...«

»Hey«, protestierte Kim, spießte mit der Gabel auf Franzis Teller herum und holte sich das Stück zurück. »Geschmäcker ändern sich. Und das manchmal schneller, als dir lieb sein kann.«

»Genau«, pflichtete Marie Kim bei und hielt Franzi den Teller unter die Nase. »Beute zurückgeben, aber zack-zack!«

Innerhalb kürzester Zeit war der Kuchenteller leer und alle saßen pappsatt auf ihren Stühlen.
Matti schaute in die Runde. »Nun kann jeder einen Satz sagen, warum er sich auf das Abenteuer eingelassen hat, ein ganzes Wochenende ohne Smartphone und ohne den alltäglichen Luxus, der uns umgibt, auszukommen.«
Während der kleinen Vorstellungsrunde sah Kim, dass Maries Blick immer wieder zu der auffällig schönen Kette von Frau Hein wanderte. Als sie an der Reihe war, stellte sie sich vor und erzählte, wie Kim sie überredet hatte mitzukommen, dass sie sich sehr für Kosmetik und besonders für Naturkosmetik interessierte und dass sie ein wenig Bammel vor der Nacht im Freien hatte. Sie überlegte einen Augenblick, doch dann fragte sie: »Bitte entschuldigen Sie, Frau Hein, aber Ihre Kette fasziniert mich. Sind das Granatsteine?«
Frau Hein fasste sich an den Hals, wie um sich zu vergewissern, dass der Schmuck noch an Ort und Stelle war, und schüttelte den Kopf. »Nein, das sind Rubine.«
»Die Kette ist wirklich wunderschön und steht Ihnen sehr gut«, schwärmte Marie weiter. »Und wenn die Steine Rubine sind, dann ist die Kette ein Vermögen wert«, stellte sie fest.
»Danke sehr. Ich trage sie auch sehr gerne«, antwortete Frau Hein. »Sie ist kostbar, aber genau kenne ich ihren Wert nicht. Die Kette ist ein Erbstück meiner Mutter und die hat sie wiederum von ihrer Mutter und so weiter.«
»Das Coolste an der Sache ist«, ergänzte Matti, »dass alle alten Feienbacher Familien solch ungewöhnlich wertvollen Erb-

schmuck haben. Und niemand erinnert sich, woher die Stücke ursprünglich kamen.«
»Das ist ja merkwürdig«, meinte Kim und runzelte die Stirn.
»Es gibt eine alte Sage, wonach der Schmuck einmal Feen gehört hat. Daran glaubt hier natürlich niemand mehr«, erzählte Frau Hein. »Wir alteingesessenen Feienbacher Frauen freuen uns über das Geschmeide und tragen es bei jeder Gelegenheit.«
Matti rutschte ungeduldig auf dem Küchenstuhl hin und her. »Nachdem wir nun alles zum Thema Feienbacher Schmuck gehört haben, möchte ich auf das eigentliche Thema des Workshops kommen. Zwei Tage in der freien Natur, und zwar ohne alles. Ich ertappe mich selber oft, Dinge wichtig zu nehmen. Und als ich zum ersten Mal an einem Überlebenstraining teilgenommen habe, habe ich gemerkt, wie wenig man wirklich braucht. Ich hoffe, dass ihr eine ähnliche Erfahrung machen werdet.« Matti erhob sich und deutete auf die Tür. »Wie alles genau funktioniert, was wir essen werden und worauf man achten muss, erkläre ich euch besser draußen. Ach ja: Wer sein Handy noch bei sich hat, gibt es jetzt bitte meiner Mutter bis Sonntag zur Aufbewahrung.«
Kim und Jesper kramten in ihren Taschen und überreichten Frau Hein ihre Telefone.
Alle blickten Matti gespannt und erwartungsvoll an.
»Keine Panik«, sagte er und grinste. »Wir werden ganz einfach einsteigen: Erst beziehen wir unser Lager auf der Lichtung und dann werde ich euch zeigen, aus welchen Insekten man ein leckeres Süppchen kochen kann.«

Die Warnung

Die Natur begann ziemlich genau vor dem Haus der Heins. Die Ringstraße, an der die Häuser lagen, war nur teilweise geteert. Sie folgten Matti die Straße entlang und bogen in einen Feldweg ein. Nach ein paar hundert Metern öffnete sich vor ihnen die Lichtung. Riesig und ziemlich beeindruckend. Und ein wenig hügelig, sodass man sie nicht sofort überblicken konnte.

Kim blieb stehen, atmete durch und ließ ihre Augen über die Landschaft schweifen. Überall wuchsen Gräser und Blumen. Schmetterlinge tanzten von Blüte zu Blüte und alles summte und brummte. Auf den ersten Blick kannte sie nur die gelben Butterblumen und die weiße Schafgarbe. Aber das würde sich sicher bald ändern.

Franzi und Marie stellten sich neben Kim. Die eine freudestrahlend, die andere eher skeptisch.

»Schön, oder?«, meinte Franzi.

»Tada! Unser Essen für die nächsten zwei Tage«, kicherte Kim und machte eine ausholende Armbewegung.

»Oh Mann, zum Glück hab ich beim Kuchen zugeschlagen, als gäbe es kein Morgen.« Marie stöhnte und verzog das Gesicht. »Denn wenn Matti es ernst meint mit der ekligen Insektensuppe, gibt es für mich heute kein Abendessen.« Sie zog Kim und Franzi weiter und vermied es, mit ihren neuen Turnschuhen in einen der vielen Maulwurfshügel zu treten, um sie nicht dreckig zu machen.

»Ich glaube, das mit der Insekten-Suppe war nur Spaß«, sagte Ria zu Kim. »Als ihr noch nicht da wart, hat Matti erzählt, dass er Vegetarier ist. Das passt dann nicht zusammen. Insekten sind schließlich auch Tiere ...«

Kim seufzte erleichtert. »Es gibt also Hoffnung auf eine genießbare Suppe.«

Ria nickte. »Auf Insekten hab ich mich jetzt auch nicht so wirklich eingestellt.« Dann deutete sie auf Maries Hände. »Du heißt Marie, oder? Darf ich dich etwas fragen? Über deine Fingernägel?«

»Klar.«

»Sind sie Teil eines Voodoorituals? Meine Eltern kommen aus Haiti. Und da ist Voodoo ziemlich verbreitet. Ich dachte, du steckst vielleicht gerade mitten in einem Liebeszauber, der die Blicke anziehen soll.«

»Nein.« Marie verbarg erschrocken ihre Hände. »Voodoo? Ist das nicht dieses gruselige Zeugs mit den Puppen, in die Nadeln gestochen werden?«, fragte sie.

Ria winkte ab. »Klar, dass dir das zuerst einfällt. Außerhalb von Haiti denken alle Leute, dass Voodoo etwas Böses ist. Aber

Voodoo ist viel mehr. Es ist eine Religion. Die Puppen kommen nur ganz am Rande vor. Und wenn, dann um die Menschen zu heilen und nicht, um ihnen zu schaden.«

Kim staunte. Das hatte sie nicht gewusst. Sie lächelte. Marie und ein Liebeszauber? Da hatte Ria ja fast ins Schwarze getroffen. Erst vor Kurzem hatte Marie auf einem Mittelaltermarkt einen Liebestrank für sich und Holger gebraut. Sie dachte, dass sie damit ihre Eifersucht in den Griff bekommen könnte. Marie war Feuer und Flamme gewesen und hatte Holger den Liebestrank heimlich verabreichen wollen. Doch durch einen dummen Zufall hatten Maries Vater und Tessa den Liebestrank geleert!

»Ich bin hier, um spezielle Heilkräuter für meine Voodoo-Tränke kennenzulernen«, fuhr Ria fort. »Die Rezepte, die ich kenne, arbeiten natürlich mit Kräutern und Wirkstoffen, die auf Haiti wachsen. Und an die komme ich nicht immer ran. Also bin ich auf der Suche nach heimischen Kräutern, die die gleiche Wirkung haben.«

Maries Augen begannen zu leuchten. »Echt?«, sagte sie. »Das interessiert mich sehr. Darf ich dich ein wenig ausquetschen?«

»Na klar, es freut mich, wenn du dich für Voodoo interessierst. Was willst du denn wissen?«

»Alles!« Marie lachte und hakte sich bei Ria unter. Die beiden liefen einen Schritt schneller.

Im nächsten Moment hakte sich auch Franzi bei Kim ein und flüsterte: »So schnell kann es gehen. Marie ist wieder gut gelaunt und wird dieses Wochenende nutzen, um Voodoo-Liebestränke zu brauen.«

»Ich weiß nicht«, sagte Kim gedehnt. »Ich halte einfach nicht viel von Magie und Zauberzeugs. Es ist wie mit der Detektivarbeit. Ich brauche Beweise. Knallharte Beweise.«

Franzi lachte. »Deswegen bist du für den Detektivclub auch absolut unentbehrlich.«

Kim spürte, wie die Freude über Franzis Kompliment durch ihren Körper rauschte. Sie wusste natürlich, dass jedes der drei Ausrufezeichen ganz besondere Fähigkeiten hatte. Deswegen waren sie ja auch so erfolgreich. Und sie konnte nun mal messerscharf kombinieren. Egal wie verwirrend oder unheimlich ein Fall auch war, sie behielt stets einen kühlen Kopf.

»Jede von uns ist das«, sagte Kim. »Wir drei sind für uns drei superwichtig und wir kriegen als Team jedes Rätsel gelöst.«

»Stopp. Ihr dürft hier nicht vorbei!« Eine ältere Frau mit dunkelgrünem Samtumhang stellte sich ihnen plötzlich in den Weg. Ihre langen grauen Haare wehten im Wind und an den Füßen trug sie goldene Schnabelschuhe. Sie hatte einen Stock in der Hand, den sie quer wie eine Schranke hielt, sodass sich niemand aus der Gruppe traute, auch nur einen Schritt weiterzugehen. Ihre Augen blitzten zornig. Als niemand antwortete, rammte sie den Stock ein paar Mal auf die Erde. Es klang dumpf. Aber auch bedrohlich, fand Kim.

»Verschwindet. Der Ort gehört den Feen. Bringt sie nicht gegen euch auf.«

»Wer ist das?«, raunte Franzi. »Gandalfine aus *Herrin der Ringe*?«

Eigentlich war die Situation zu ernst, um zu lachen, aber Kim und Marie hielten sich die Hand vor den Mund, um nicht laut loszuprusten.
Eingeschüchtert von dem Auftreten der hexenartigen Frau wichen Ria und Simone erschrocken zurück und Jesper und Knut starrten die alte Frau an wie eine Erscheinung aus einer anderen Welt.
Matti löste sich von der Gruppe, blickte sich entschuldigend um und ging auf die Frau zu. Dann sagte er mit sanfter Stimme: »Frau Bratenstein, bitte beruhigen Sie sich. Wir wollen nur auf der Lichtung übernachten. Das mache ich doch immer mit meinen Seminaren, erinnern Sie sich? Ich verspreche, wir richten keinen Schaden an, nehmen unseren Müll wieder mit und sind leise, um die Tiere nicht zu stören. Wir wollen dieses Wochenende im Einklang mit der Natur verbringen. Und die Feen«, er machte eine Pause und lächelte die alte Frau nachsichtig an, »behelligen wir auch nicht.«
Kim fand Mattis Ansprache richtig gut, doch Frau Bratenstein wurde fuchsteufelswild. Ihr Mund verzog sich zu einem Strich und sie zischte verächtlich: »Ihr törichten Dummköpfe. Wisst ihr denn nicht, mit wem ihr euch anlegt? Wer die Feen stört, der erweckt den jahrhundertealten Fluch zum Leben. Ich warne euch: Wenn ihr die Lichtung entweiht, wird das Böse über das Dorf hereinbrechen. Alle werden unsagbare Schmerzen erleiden und ihrer Schätze beraubt!« Frau Bratenstein stieß den Stock abermals mit Wucht auf die Erde und wankte dann an ihnen vorbei in Richtung Dorf.

Kim blickte ihr erschrocken hinterher. Was war das gewesen? Sie glaubte nicht an Flüche und Feen, aber sie musste zugeben, dass das, was die alte Frau da eben gesagt hatte, ziemlich unheimlich klang. Kim sah in die Gesichter der anderen Teilnehmer: Matti schien unbeeindruckt, aber Marie und Ria standen mit offenen Mündern und schreckgeweiteten Augen neben ihm. Knut und Jesper traten bedröppelt von einem Bein aufs andere und erwarteten offensichtlich, dass Matti etwas zu dem Vorfall sagte. Simone hatte ängstlich die Arme um sich geschlungen und murmelte etwas, das Kim erst nicht verstehen konnte. Sie ging zu ihr und strich ihr über den Arm. »Alles klar?«, fragte sie.

»Nein, die Frau hat mir solche Angst eingejagt …«, flüsterte Simone. Dann wandte sie sich an Matti. »Warum suchen wir uns nicht einfach ein anderes Nachtlager? Vielleicht ist an der Geschichte was dran? Ich fürchte mich!«

»Du darfst Frau Bratenstein nicht ernst nehmen«, sagte Matti beschwichtigend. »Sie hat sich da was zusammenfantasiert und will uns nur Angst einjagen. Von der alten Hexe lasse ich mir doch nicht sagen, was ich zu tun und zu lassen habe. *Pfff. Feenlichtung?* So ein Quatsch! Ich kapiere gar nicht, warum sie jetzt diese uralte Sage mit dem Schmuck und den Feen wieder aufwärmt. Daran glaubt hier niemand. Hat meine Mutter vorhin ja auch schon gesagt. Ich habe noch nie einen Fluch ausgelöst, nur weil ich auf der Wiese übernachtet habe. Ich mache das Seminar ja nicht zum ersten Mal. Keine Ahnung, was in Frau Bratenstein gefahren ist.«

»Wäre es nicht besser, diesmal woanders zu schlafen?«, fragte Marie vorsichtig. »An dem Fluch ist vielleicht nichts dran, aber Frau Bratenstein hat möglicherweise einen Grund, warum sie uns warnt. Wir können gerne noch ein Stückchen laufen und eine andere geeignete Stelle finden und …«

»Schluss mit dem Unsinn.« Matti unterbrach Marie etwas genervt. »Wir richten jetzt hier unser Lager ein. Und niemand braucht Angst vor irgendwelchen übernatürlichen Flatterwesen zu haben.« Mit großen Schritten stapfte er auf die Lichtung, ohne sich noch einmal nach seiner Gruppe umzudrehen.

Kim sah die anderen an und zuckte mit den Schultern. »Was machen wir jetzt? Folgen wir ihm?«

»Wir sollten ihm vertrauen«, sagte Knut. »Was soll schon passieren? Wir haben keine Wahl. Oder weiß jemand von euch ein gutes Hotel in der Nähe oder kennt eine andere nette Lichtung, auf der wir uns dann ohne Matti die Nacht um die Ohren schlagen können?«

Geheimes Tagebuch von Kim Jülich
Freitag, gegen 18 Uhr

► Ich muss wohl nicht extra erwähnen, was demjenigen blüht, der unerlaubterweise in meinem Tagebuch liest. Der kriegt es nämlich mit der supergruseligen Frau Bratenstein zu tun oder mit dem Fluch der Feen. Oder mit beidem!!!!!! ◄

Ich weiß nicht mal genau, wie spät es ist, weil ich meine Uhr vergessen habe. Und mein Handy liegt bei Frau Hein. Na ja, ist wohl an einem Wochenende wie diesem auch nicht so wichtig. Ich bin richtig froh, dass Sebastian mich gefragt hat, ob ich den Artikel schreiben will. Das ist ein großer Vertrauensbeweis! Schließlich hätten sich viele über die Chance, einen Artikel auf der Jugendseite der Zeitung veröffentlichen zu dürfen, gefreut. Wie cool, dass Franzi und ich sogar Marie überreden konnten mitzufahren. Eigentlich haben allerdings gar nicht wir sie überredet (also zumindest nicht mit Argumenten), sondern Matti, der Leiter des Wochenendes. Allein durch sein Aussehen, hihi. Der ist nämlich total ihr Typ. (Ich muss zugeben, dass er wirklich ziemlich hübsch ist.) Erst verlief alles nach Plan: Wir haben uns bei Matti zu Hause getroffen und er hat erzählt, was er an dem Wochenende so vorhat. Bei lecker Kakao und Orangen-Rosmarin-Kuchen. (Sorry, Franzi: Ja, die Kombi ist gut! ;-))

Die anderen, die mit uns das Wochenende verbringen, scheinen alle ganz in Ordnung zu sein. Knut ist eher so ein Öko. Sein Freund Jesper dagegen sieht aus, als wär er Model für Outdoor-Klamotten. Er hat erzählt, dass seine Mutter ein veganes Restaurant hat und dass er auf der Suche nach neuen Geschmackskicks in puncto Kräutern ist. Da kann er sich ja mit Franzi zusammentun. Die hofft das Gleiche, nur möchte sie den neuen Geschmack in die Kuchen ihrer Mutter bringen. Na, ich weiß nicht. Für Orange-Rosmarin mach ich in Zukunft eine Ausnahme, aber ansonsten bin ich süßigkeitenmäßig wohl eher der klassische Schokokuchen-Typ.

Als wir vorhin unser Lager auf der Lichtung beziehen wollten, ist etwas sehr Seltsames passiert. Eine alte Frau aus dem Dorf hat sich uns in den Weg gestellt und wollte nicht, dass wir auf der Lichtung schlafen. Weil die angeblich den Feen gehört. Kann man das glauben? Also ich nicht. Aber die Frau hat das ganz offensichtlich geglaubt: Die war so was von wütend! Und dann hat sie noch rumorakelt und gesagt, dass nun ein Fluch über das Dorf kommt. Megagruselig!!! Logisch, dass einigen aus unserer Gruppe da angst und bange wurde. (Vor allem einem eher schüchternen Mädchen namens Simone.)

Aber Matti hat über den Vorfall nur gelacht. Er konnte sich gar nicht erklären, warum die alte Frau plötzlich mit dieser alten Sage ankam und wirre Prophezeiungen von

sich gegeben hat. Ob dieser Fluch etwas mit dem Schmuck zu tun hat, den Mattis Mutter besitzt? Sie hat vorhin erzählt, dass es eine Legende gibt, nach der der Schmuck einmal Feen gehört hat. Wäre doch möglich, oder?
Matti ist schon ein wenig älter als wir alle und kommt aus Feienbach. Er kennt Frau Bratenstein (so heißt die alte Frau) gut. Und er hat uns glaubwürdig versichert, dass an ihrem Gerede nichts dran ist. Also haben wir ihm vertraut und sind mit auf die Lichtung gegangen. Es war gut, dass wir auf ihn gehört haben. Hier ist es so richtig schön. Mitten unter Schmetterlingen und anderem Getier. Franzi ist überglücklich und fühlt sich pudelwohl. Selbst Marie hat sich schon mit ihrem Los angefreundet. Wir haben uns allerdings auch den besten Schlafplatz ausgesucht. Ein wenig geschützt in einer Mulde – total gemütlich! Um uns herum wachsen gelbe Butterblumen und Löwenzahn und es duftet lecker. Marie hat darauf bestanden, mit ihrem kreischroten Schlafsack in der Mitte zu liegen, weil ihr die alte Frau mit ihrer Warnung nicht aus dem Kopf gehen wollte. Sie glaubt eben an Feen und den ganzen übersinnlichen Kram.
Gerade waren wir im Wald (wir durften über eine Stunde kein Wort sagen!) und haben Feuerholz gesammelt. Damit wir am Abend ein Lagerfeuer machen können. (Puh, ich hoffe, niemand erwartet von mir, dass ich singe.)
Ich muss jetzt aufhören zu schreiben. Gerade ruft Matti, dass wir uns versammeln sollen.

Grünzeugs

»So, nun dürfen alle wieder miteinander sprechen«, sagte Matti und setzte sich auf einen Baumstamm, der auf dem Boden lag. In der Hand hielt er Blumen und Gräser, die er im Laufe der Schweigewanderung gepflückt hatte.

Kim war erleichtert. Nach einer ganzen Stunde Nichtssagen fühlte sie sich, als wollten alle Fragen und Kommentare gleichzeitig aus ihr heraus. Und doch, es war auch schön gewesen, nur den eigenen Atem zu hören, das Knistern und Knacken der Zweige und das Surren und Rascheln der Tiere. Matti hatte also recht behalten: Man fühlte sich wie ein Teil der Natur und man bekam mehr von ihr mit, wenn man sich *nicht* unterhielt. Sie linste zu Marie und Franzi. Für Franzi war diese Erfahrung bestimmt nicht neu gewesen. Der Hof ihrer Eltern lag mitten im Grünen und sie war oft allein mit Tinka ausreiten und spazieren. Deswegen liebte Franzi alles, was kreuchte und fleuchte. Kim vermutete, sie würde sogar die riesige Kreuzspinne, die zu Hause vor ihrem Fenster wohnte, tief in ihr Herz schließen. Für Marie hingegen war diese Schweigestunde mit Sicherheit eine

ziemliche Herausforderung gewesen. Schließlich redete sie gerne und viel. Kim sah in Maries Richtung. Doch zu ihrem Erstaunen wirkte Marie entspannt und ausgeglichen. Sie saß auf der Erde, hatte ihr Gesicht in die Hände gestützt und blickte Matti erwartungsvoll an. Der Gruppenleiter drückte gerade jedem Teilnehmer ein Gänseblümchen in die Hand und wünschte ihnen guten Appetit.
»Meinst du das ernst?«, fragte Marie entsetzt. »Wir sollen eine Blume futtern?«
Matti nickte. »Klar. Schmeckt phänomenal. Nussig und leicht scharf.« Er schob sich das Gänseblümchen in den Mund und kaute genüsslich darauf herum.
Nach und nach trauten sich alle, die Blume zu kosten. Alle – bis auf Kim.
Okay, dachte Kim. Augen zu und Mund auf. Sie würde es schaffen. Schließlich war sie eine todesmutige Detektivin und schreckte vor keinem noch so schlimmen Täter zurück.
Trotz mehrerer gedanklicher Motivationsversuche kostete es Kim einen kurzen Augenblick der Überwindung. Die Blütenblätter und der Stiel fühlten sich an den Lippen seltsam glatt und gleichzeitig puschelig an. Doch Matti hatte recht. Das Gänseblümchen war nicht einfach nur essbar, es schmeckte sogar richtig gut! Sie bückte sich und pflückte noch ein paar. Dann setzte sie sich im Schneidersitz auf die Wiese, und ließ sich nach hinten purzeln und streckte sich aus. Herrlich. Einen kleinen Moment dachte Kim an nichts mehr: nicht mehr an die Notizen für ihren Artikel und nicht mehr an die alte Frau

Bratenstein und schon gar nicht mehr an den Fluch irgendwelcher Feen. Sie lag einfach da und die Sonne schien ihr auf den Bauch. Und sie war glücklich.

Der Nachmittag war wie im Flug vergangen und es dämmerte schon. Die Luft war nun merklich kühler geworden. Da konnte man sogar das Lagerfeuer, um das sie gerade saßen, ganz gut ertragen. Kim rekelte sich wohlig. Die Sauerampfer-Bärlauch-Suppe hatte lecker geschmeckt. Das Beste daran: Sie war völlig maden-, käfer- und würmerfrei geblieben! Der Topf mit dem Rest hing noch über dem Feuer und blubberte vor sich hin. Kim schnupperte. Sie mochte den Geruch von brennendem Holz und leicht angekokelter Suppe.

Marie, die neben ihr saß, fühlte sich offensichtlich nicht so wohl wie Kim. Sie rieb sich die Hände und meckerte: »Mein Rücken ist kalt und meine Vorderseite glüht vor Hitze. Das kann nicht gesund sein.«

»Mach es doch wie ein Brathähnchen am Spieß«, meinte Franzi. »Immer mal wieder ein Stück drehen. So wird alles gleichmäßig warm.«

»Oder ich beschwöre einen Voodoo-Zauber herauf«, schlug Ria vor. »Einen, der von innen wärmt.«

Marie kicherte. »Danke, lieber nicht. Ich hatte heute schon genug Übersinnliches. Frau Bratenstein mit ihren Feen hat mir vollkommen genügt. Ich krieche jetzt in meinen knallroten Schlafsack. Der wärmt auch von allen Seiten. Ich bin nämlich hundemüde.«

Kim gähnte. »Prima Idee. Ich komme mit.«
Franzi überlegte einen Augenblick, schloss sich dann aber Kim und Marie an.
Der Mond schien hell, sodass sie keine Taschenlampe brauchten, um den Weg zu ihrem Schlafplatz zu finden. Das hohe Gras raschelte und vom Lagerfeuer waren die Stimmen der anderen zu hören. Jesper lachte gerade laut auf und die anderen fielen mit ein.
»Schön, dass ihr euch mit mir schlafen legt«, flüsterte Marie.
»Ist doch selbstverständlich«, sagte Kim schnell. »Und viel gemütlicher!« Sie warf einen Blick auf den Waldrand, der dunkel und geheimnisvoll vor ihnen lag. Ganz ohne Zelt hatte sie auch noch niemals draußen übernachtet und sie musste sich eingestehen, dass sie froh war, ihre besten Freundinnen an ihrer Seite zu haben.
»Logo«, versicherte nun auch Franzi. »Was denkst du denn? Dass wir dich alleine schlafen gehen lassen? Das wäre unverantwortlich. Schließlich leuchtest du in deinem Schlafsack wie ein Glühwürmchen. Jede Fee, die auf die Lichtung kommt, sieht dich sofort!«
Marie boxte Franzi an den Oberarm. »Hör auf. Das ist gemein. Nur weil *du* noch nie eine Fee gesehen hast, heißt das noch lange nicht, dass es keine gibt!«
»Hast du denn schon mal eine gesehen?«, fragte Franzi zurück.
Marie schob die Unterlippe vor. »Nein«, gab sie zu. »Aber wenn die so unheimlich sind und irgendwelche Flüche ausstoßen, bin ich vielleicht sogar ganz froh darüber.«

»Hey, ihr beiden. Schluss jetzt. Ihr werdet sehen, kein einziges Flügelwesen wird heute Nacht hier über die Lichtung sausen«, meinte Kim. »Außer vielleicht ein paar Mücken und Motten«, räumte sie nach kurzer Überlegung ein.
»Okay, ich sag meinem Schutzengel Bescheid, dass er heute Nacht eine andere Route nehmen soll.« Marie seufzte.
»Na, geht doch«, antwortete Franzi und drückte Maries Hand.
Ritsch! Riii! Ratsch! Die drei !!! öffneten ihre Schlafsäcke und schlüpften hinein.
Aus Richtung des Lagerfeuers drang immer noch lautes Lachen. Kim lächelte und rutschte mit dem Schlafsack ein wenig näher zu Marie und Franzi. Der erste Tag ihres besonderen Wochenendes war voller neuer Eindrücke gewesen, dachte sie, als sie in den Sternenhimmel schaute. Dann schloss sie die Augen und schlief ein.

Mitten in der Nacht wurde Kim von einem ungewöhnlichen Geräusch wach. Um sie herum sirrte und brummte es. Sie setzte sich auf und kämpfte ihre Arme aus dem Schlafsack. Was war das?
Das Geräusch erinnerte sie an den alten Kühlschrank ihrer Oma. Und gleichzeitig an das hohe Pfeifen von deren Hörgerät, wenn die Lautstärke nicht richtig eingestellt war. Schreckliche Kombination. Kim hatte den Eindruck, dass ihr ganzer Körper vibrierte. Sie schüttelte sich und blickte sich um. Es war nichts zu sehen. Sollte sie aufstehen und nachsehen, was diese Töne verursachte? Oder sollte sie lieber Marie und Franzi wecken?

Sie überlegte fieberhaft und plötzlich war das Geräusch weg. Kim merkte, dass ihre Hände zitterten. Was war denn nur los mit ihr? Sie war alles andere als ein Angsthase. Der einzige Grund für sie, in Panik zu geraten, war, in einem engen Raum eingesperrt zu sein. Gegen ihre Platzangst war Kim machtlos. Jetzt aber war sie draußen. In freier Natur unter Millionen von Sternen! Sie zwang sich, durchzuatmen und in den Himmel zu schauen. Plötzlich verstummte das Geräusch.
Kim wartete ein paar Augenblicke, ob es zurückkommen würde. Alles blieb ruhig. Dann konnte sie jetzt einfach weiterschlafen, oder? Sie legte sich hin. Franzi und Marie atmeten ruhig und tief. Doch es half nichts. Kim war und blieb hellwach. Ihr Herz klopfte laut und vor Aufregung und Anspannung taten ihr alle Muskeln weh. Sie wälzte sich unruhig hin und her und lauschte in die Stille.
Trrrriiiing!
Der hohe Ton war zurück. Kim schnellte empor.
Das, was sie sah, ließ sie erstarren.

Feenspuk

»Wacht auf!«, zischte Kim, ohne die Augen von der unheimlichen Szene abzuwenden, die sich am Waldrand abspielte. Sie rüttelte erst Marie und dann Franzi wach.

»Was ist denn los?«, fragte Marie verschlafen und strich sich die blonden langen Haare, die ihr über die Augen hingen, aus dem Gesicht.

»Es ist doch noch dunkel«, beschwerte sich Franzi. »Was in aller Welt …«

»Ich habe keine Ahnung, ob es von *dieser* Welt ist«, raunte Kim und deutete nach vorne. »Aber ihr müsst es euch unbedingt anschauen.«

Aus dem Wald drang weißer Nebel auf die Lichtung. Er waberte über den Boden und blieb wie ein Wolkenteppich auf der Wiese liegen. Dann blitzte es und ein grelles Licht blendete die drei !!!.

»Verflixt!«, fluchte Franzi und schirmte die Augen mit dem Handrücken ab.

»Der Fluch. Die Feen. Es ist alles wahr …«, flüsterte Marie mit erstickter Stimme und presste sich die Faust auf den Mund, um nicht loszuschreien. Sie klammerte sich an Franzi und verbarg ihr Gesicht in deren Armbeuge.

»Das ist doch Quatsch!« Kim klang sicherer, als sie sich fühlte. »Ich bin überzeugt, für diese Erscheinung gibt es eine ganz natürliche Erklärung.«

»Und welche?« Marie sah Kim ängstlich an.

»Das weiß ich noch nicht, aber wir werden es herausfinden. Versprochen.«

Mittlerweile waren die anderen Teilnehmer ebenfalls aus dem Schlaf aufgeschreckt und waren an die glühenden Reste des Lagerfeuers getreten. Bestimmt fragten sie sich auch, was hinter dem unheimlichen Geräusch steckte.

»Kommt, wir gehen zu ihnen rüber«, schlug Kim vor. »Viele Augen sehen mehr als sechs.«

Schweigend kamen sie näher. Insgeheim hatte Kim gehofft, dass sie sich in der Gruppe gegenseitig beruhigen konnten. Aber das Gegenteil war der Fall: Alle starrten wie gebannt auf den Nebel, der immer weiter auf sie zukroch, und sprachen kein Wort. Das Wummern wurde lauter und lauter. Ria hielt sich die Ohren zu. »Ich mag nicht, was da gerade passiert. Ich mag das überhaupt nicht«, wiederholte sie ein ums andere Mal.

Kim gab ihr recht. Auch sie mochte überhaupt nicht, was da gerade geschah.

Die dichten weißen Wolken hüllten sie ein und sie konnte

Franzi und Marie nicht mehr erkennen. Umso besser, dass sie sich an den Händen hielten.

Es knallte. Und ein heller Blitz schoss durch den milchigen Nebel.

Kim zuckte zusammen.

Plötzlich teilte sich der Nebel und eine weiße Gestalt wurde sichtbar. Sie stand mitten auf der Lichtung. Ihr Kleid und ihre Haare leuchteten hell.

Marie griff Kims Hand fester. »Nein, bitte nicht«, flüsterte sie.

»Es gibt keine Feen«, versuchte Kim ihre Freundin zu beruhigen. »Das kann … das muss … irgendwie …«

Weiter kam sie nicht, denn die Gestalt breitete ihre Flügel aus und richtete die Spitzen wie Schwerter gegen sie. Dann begann sie zu sprechen. Laut und mit tiefer Stimme:

»Schweigt still!
Weil ich nun reden will.
Hundert Jahr sind um, nun holen wir zurück,
unsern Schatz, unser goldenes Glück.
Morgen, genau um diese Zeit,
komm ich wieder. Seid bereit.«

Dann lachte sie heiser und zischte unheilvoll:

»Der Feenfluch ereilt euch nun.
NICHTS! könnt ihr dagegen tun.«

Es blitzte erneut grell. Ria schrie auf und Jesper oder Knut, das konnte Kim nicht genau hören, stieß einen gequälten Laut aus. Dann war die Gestalt auf einen Schlag verschwunden und es wurde totenstill auf der Lichtung. Einzelne Nebelschwaden waberten weiter zu ihnen herüber.

Kim erschauerte und strich Marie, die am ganzen Körper zitterte, über die Schultern.

Auch Franzi hatte sich dicht an Kim gedrängt.

»Marie? Franzi?«, flüsterte sie. »Ihr braucht keine Angst zu haben. Wir sind die drei !!!. Und wir werden herausfinden, wer sich hier so einen üblen Scherz erlaubt!«

Marie nickte tapfer.

»Das werden wir«, stimmte Franzi zu.

»Kommt mal alle hier an der Feuerstelle zusammen!«, rief Matti in diesem Augenblick. Er klang aufgeregt, aber nicht ängstlich. »Es tut mir leid, dass eure erste Nacht hier unter freiem Himmel gestört wurde. Eines steht jedoch fest. Was auch immer das gerade war – und ich gebe zu, dass ich keinen blassen Schimmer habe, was hier passiert ist –, ein übersinnlicher Fluch steckt sicher nicht dahinter. Ich würde vorschlagen, wir nehmen unserer Möchtegern-Feenerscheinung am besten den Wind aus den Segeln, indem wir sie nicht beachten.« Er fixierte einen nach dem anderen mit den Augen. »Einverstanden?«

Keiner widersprach. Ria, Jesper und Knut sahen unsicher zu Boden, Franzi blickte Matti bedröppelt an und Marie hielt immer noch ihren Kopf hinter Kim versteckt.

Nur Kim lächelte Matti an und antwortete: »Einverstanden.«

Moment mal. Ria, Knut, Jesper, Marie und Franzi … Da fehlte doch jemand! Kim erschrak.
»Simone!«, rief sie. »Simone ist nicht mehr da!«
Kims Ausruf wirkte wie ein Startschuss auf die anderen. Plötzlich löste sich ihre Angststarre. Knut und Matti machten sofort einen Suchplan und teilten die Gruppe auf.
Kim war auf der Lichtung eingeteilt. In Richtung der Häuser von Feienbach. Franzi und Marie sollten in der anderen Richtung suchen.
Sie griffen sich jeder eine Taschenlampe, schwärmten aus und begannen zu rufen:
»Simone!«
»Wo bist du?«
»Sag doch was!«
»Brauchst du Hilfe?«
Doch sie bekamen keine Antwort.

Kim keuchte. Sie hatte keine Ahnung, wie lange sie schon wie die Verrückten durch die Gegend rannten und Simones Namen riefen. Simone war wie vom Erdboden verschluckt. Nach einiger Zeit waren auch Herr und Frau Hein und ihre Nachbarn, die Gochs und die Hartmanns, auf der Lichtung erschienen. Sie hatten die Lichtblitze gesehen und wollten sich versichern, dass im Lager alles in Ordnung war. Als sie erfuhren, was passiert war, boten sie natürlich sofort ihre Hilfe an. Zum Glück hatten sie hell leuchtende Taschenlampen dabei und nahmen sich ein abgelegeneres Waldstück vor. Doch auch dort: Fehlanzeige.

Kim saß am Feuer und überlegte. Hier stimmte etwas nicht. Diese merkwürdige Feenerscheinung konnte ein Trick gewesen sein – schön und gut. Aber nun war Simone weg. Wie lange schon? Eine halbe Stunde? Eine Stunde? Kim hatte jegliches Zeitgefühl verloren. Sie beschloss, sich wieder von der Gruppe zu lösen und sich noch einmal auf die Suche zu machen. Mutig stapfte sie quer über die Lichtung.

Der Boden unter ihren Füßen war weich und der Lichtkegel der ausgeliehenen Taschenlampe schnitt eine helle Schneise in die Dunkelheit. Kim trug nur ein T-Shirt, die Luft war noch mild genug, und vor lauter Aufregung schwitzte sie eher, als dass sie fror. Erst leuchtete sie hektisch hierhin und dorthin, dann atmete sie tief durch, sammelte ihr Gedankenchaos und ging ihre Suche systematischer an. Sie begann bei einem großen Busch in der Nähe ihres Schlaflagers und arbeitete sich in Bahnen vorwärts. »Simone?«, rief sie immer wieder. »Wo bist du?«

Plötzlich meinte sie, in der Nähe des Waldrands die Umrisse einer Gestalt zu sehen. Konnte das Simone sein? Oder die Fee? Sie schaltete die Taschenlampe aus und schlich sich an. Nun gab sie keinen Laut mehr von sich. Nach dem merkwürdigen Spuk war es wohl besser, sich nicht gleich zu erkennen zu geben. Die Gestalt erhob sich und Kim duckte sich gleichzeitig hinter ein Büschel hohes Gras. Misstrauisch beobachtete sie den Schatten, der humpelnd auf sie zukam. Eine humpelnde Fee? Wohl kaum. Das musste Simone sein. Kim gab ihre Deckung auf und lief der Gestalt ein Stück entgegen.

»Simone! Was ist passiert?«, fragte sie.

Simone fiel Kim in die Arme und schluchzte los: »Es war so furchtbar. Die schreckliche Fee! Ich weiß auch nicht, aber plötzlich hatte ich furchtbare Panik und ich bin einfach davongelaufen und habe mich versteckt. Als ich mich beruhigt hatte und wieder zu euch wollte, bin ich über eine Wurzel gestolpert. Ich glaube, ich habe mir den Knöchel verstaucht.«
»Du Arme«, meinte Kim. »Du warst ganz schön weit weg, wenn du unsere Rufe nicht mehr gehört hast.« Kim sah an Simone herunter, die ihr eines Bein angewinkelt hatte, um es nicht zu belasten.
»Du kannst nicht richtig auftreten«, stellte Kim fest. »Ich stütze dich und wir gehen zu den anderen zurück.«
»Und diese Fee?«, fragte Simone. »Ich hab Angst, dass sie zurückkommt.«
Ich auch, wollte Kim am liebsten sagen, ließ es aber bleiben.
»Eher unwahrscheinlich, wenn du mich fragst«, antwortete sie stattdessen. »Sie hat gesagt, sie kommt erst morgen wieder.«
»Das beruhigt mich jetzt aber nicht gerade«, meinte Simone.
»Sag mal ehrlich: Was hältst du von diesem angeblichen Fluch?«
»Gar nichts halte ich davon«, meinte Kim. »Da will uns jemand Angst machen, ist doch klar.«
»Du glaubst also nicht, dass das eine echte Feenerscheinung war?« Simone klang hoffnungsvoll.
»Bestimmt nicht. Und Matti glaubt das im Übrigen auch nicht.«

»Ich wäre echt gerne so mutig wie du. Das hab ich mir vorhin schon gedacht. Du bist cool!«, meinte Simone.
Kim grinste in sich hinein und führte Simone weiter zum Feuer, das jemand wieder entfacht hatte. Das war heute schon das zweite nette Kompliment. Wenn ein Survival-Wochenende so viel fürs Selbstbewusstsein brachte, sollte sie solche Aktionen definitiv öfter machen.

»Zum Glück! Da seid ihr ja!«, rief Ria, die sie entdeckt hatte. Sie klang sehr erleichtert. »Kommt her, Simone ist wieder da!«
Nach und nach trudelten alle aus verschiedenen Richtungen wieder ein. Sie begrüßten Simone überschwänglich, als wäre sie Jahre verschollen gewesen. Herr und Frau Hein und die restlichen Nachbarn gingen wieder ins Dorf zurück. Nicht, ohne ihnen vorher angeboten zu haben, in den Häusern zu schlafen. Doch alle waren sich einig, dass sie gerne auf der Lichtung bleiben wollten.
Sie setzten sich ans Feuer. Erleichtert, aber auch ziemlich erschöpft.
Kim merkte, dass sich die Angst langsam verflüchtigte. Sie hörte den anderen zu, die nach der Sorge um Simones Verschwinden bereits wieder herumalberten und sich gegenseitig Witze erzählten. Die Normalität tat gut.
»Diese Nacht war bisher aufregender als geplant«, meinte Matti nach einer Weile. »Ich weiß nicht, wie es euch geht, aber ich könnte jetzt eine Runde Schlaf gebrauchen. Auch wenn der *definitiv* zu kurz sein wird.« Er grinste.

»Ich bleibe noch ein wenig am Feuer sitzen«, sagte Jesper.
»Ich auch. Das war ganz schön heftig«, pflichtete Knut bei.
»Ich muss erst mal runterkommen.«
»Und was ist mit euch?«, fragte Ria die drei !!!.
Kim, Franzi und Marie sahen einander an.
»Schlafen«, sagte Marie müde. »Aber ich will wieder in die Mitte!«

Ermittlungsbrei

Kim wachte auf, weil sie niesen musste. Kein Wunder. Sie lag mit ihrer Nase direkt in einem von Morgentau nassen Büschel dieses Puschelgrases. Wie war noch gleich der Name? Ach ja: Goldhafer. Sie drehte sich zu Marie und Franzi um, die noch in ihre Schlafsäcke eingemummelt schliefen. Kim überlegte kurz, ob sie sich auch noch einmal hinlegen sollte, entschied sich aber dann dagegen. Sie zog ihr Detektivtagebuch aus dem Schlafsack und ärgerte sich über ein riesengroßes Eselsohr auf der ersten Seite. Nun gut, das waren die Opfer, die man bringen musste, wenn man ein sicheres Versteck für seine streng geheimen Gedanken hier in der Wildnis brauchte. Sie fuhr mit der Hand über den Knick, um ihn, so gut es ging, wieder glattzubügeln, und notierte sich ihre Gedanken für den Zeitungsartikel. Doch in die Überleben-in-der-Wildnis-Tipps, die sie den Leserinnen und Lesern der Zeitung geben wollte, mischten sich Überlegungen zu der unheimlichen Fee. Sogar David kreiste in ihrem Kopf herum. Irgendwann gab sie sich geschlagen. Seufzend schlug sie eine neue Seite auf und begann zu schreiben:

Detektivtagebuch von Kim Jülich
Samstag, nach Sonnenstand ca. 6:00 Uhr

Es ist noch nicht ganz sicher, in welche Richtung sich die merkwürdigen Vorkommnisse hier entwickeln werden, und es ist auch noch nicht sicher, ob wirklich ein Verbrechen dahintersteckt, aber meine Detektivnase riecht einen neuen Fall.
Allerdings: Mein Bauchgefühl ist das eine, die Fakten sind das andere.
Erst werden wir von Frau Bratenstein aus dem Dorf gewarnt, auf der Lichtung zu schlafen, weil wir sonst den Zorn der Feen auf uns ziehen würden, und was soll ich sagen?
Mitten in der Nacht taucht tatsächlich aus dem Wald eine »Fee« auf und droht uns und den Bewohnern von Feienbach Schreckliches an. Zum Glück glaube ich absolut nicht an Übersinnliches, denn sonst hätte ich es wirklich mit der Angst zu tun bekommen. Erst dieses seltsame, tiefe Vibrieren und dann der fiese hohe Ton. Vom Nebel, der über die ganze Lichtung waberte, ganz zu schweigen. Es sah so unheimlich aus, dass ich Gänsehaut hatte. Die Fee war auch nicht gerade freundlich. In meiner Vorstellung waren Feen bis jetzt immer friedliche, niedlich aussehende Flatterwesen!
Da gibt sich jemand also sehr viel Mühe, uns einen Schrecken einzujagen. Aber wer? Und vor allem, warum? Frau Bratenstein kann es nicht gewesen sein. Sie ist viel zu klein. Die Fee war nämlich richtig groß. Es ist wirklich ein Rätsel. Offensichtlich will jemand verhindern, dass Matti seine Seminare auf der Lichtung abhält, und uns mit dem Spuk vertreiben. Irgendwie so wird es wohl sein. Muss es ja. Denn jeder weiß, dass es Feen und andere Fabelwesen nicht gibt. Oder??????

»Ist die Luft rein? Kann ich rauskommen?« Maries Stimme klang dumpf aus dem Schlafsack hervor.

Kim packte ihr Detektivtagebuch weg und zog den Reißverschluss von Maries rotem Schlafsackungetüm auf.
»Alles in bester Ordnung. Die Sonne scheint, Jesper hat sogar schon Feuer gemacht und ist jetzt mit Matti im Wald, um Kräuter für das Frühstück zu sammeln.«
Marie krabbelte ins Freie und band sich ihre Haare mit Schwung zu einem perfekten Pferdeschwanz. Gar nicht einfach mit den langen glitzernden Fingernägeln, dachte Kim. Einmal mehr wunderte sie sich, wie es sein konnte, dass Marie sogar nach einer Nacht im Schlafsack aussah wie aus dem Ei gepellt. Beneidenswert.
Marie stupste Franzi an. »He, du alte Schlafmütze. Aufstehen!«
»Selber. Hast du nicht bis vor einer Minute auch geschlafen?«, knurrte Franzi und wand sich wie ein riesiger Regenwurm hin und her. »Diese Spuknacht steckt mir ziemlich in den Knochen. Vielmehr tut mir jeder von ihnen weh. Ich habe da auf irgend so einem blöden Erdknubbel geschlafen …«
»Seit wann bist du denn so empfindlich? Ich bin doch eigentlich die Prinzessin auf der Erbse!«
Franzi tastete unter ihren Schlafsack, zog einen Stein, groß wie ein Hühnerei, unter ihrem Po hervor und hielt ihn hoch. »Da hast du deine Erbse. Kein Wunder, dass ich Schmerzen habe. Erst die Hoppelfahrt mit Stefan und dann das hier. Aua!«
»Fühlst du dich fit genug für eine Clubsitzung?«, fragte Kim.
»Sondersitzung? Jetzt? Warum denn das?« Franzi runzelte die Augenbraue.

Kim nickte. »Ich habe das Gefühl, wir sind ganz nahe an einem neuen Fall dran.«
»Meinst du?« In Maries Augen blitzte sofort wieder die Angst von gestern Nacht auf. »Das ist doch kein Fall, das ist einfach nur gruselig.«
»Wenn es nichts Übersinnliches ist – und da sind wir uns alle einig, oder? –«, sie zwinkerte Marie zu, »dann will uns jemand einen Schrecken einjagen und von der Lichtung vertreiben. Und damit bezweckt er oder sie bestimmt etwas. Nur was? Wir sollten ermitteln, um das so schnell wie möglich herauszufinden.«
»Du hast recht«, meinte Franzi. »Wir dürfen das nicht einfach so auf sich beruhen lassen. Also: Wer könnte etwas davon haben, wenn wir nicht hier auf der Lichtung übernachten?«
»Oder ganz Feienbach Angst einzujagen?«, fügte Kim hinzu. »Ich finde, wir sollten der alten Frau Bratenstein einen Besuch abstatten. Möglicherweise kann sie uns weiterhelfen.«
Marie blickte zu Boden. »Oder sie wird uns hochkant wieder rauswerfen. Ich weiß nicht. Mir ist die ganze Sache unheimlich. Und mir ist vor allem Frau Bratenstein unheimlich. Können wir es nicht einfach dabei belassen? Wir sind wegen deines Artikels hier, Kim. Und basta. Wir müssen doch nicht immer und überall herumschnüffeln. Ich habe kein gutes Gefühl.«
Kim überlegte einen Augenblick. Eigentlich war bisher nichts passiert. Zumindest kein Verbrechen. Vielleicht hatte sie ein bisschen zu viel von Marie verlangt? Sie streckte ihrer Freundin die Hand hin und sagte: »Komm, lass uns erst einmal rüber ans

Lagerfeuer gehen und etwas frühstücken, bevor wir uns dem Spuk widmen. Alles andere können wir später besprechen. Vielleicht klärt sich die Sache ja auch von alleine auf.«

Als die drei !!! zu den anderen stießen, saßen alle müde und erschöpft auf den Holzstämmen, die sie im Viereck um die Feuerstelle gelegt hatten.

Knut hatte das Gesicht in die Hände gestützt und starrte verschlafen vor sich hin.

Jesper reinigte sein Klappmesser und Ria hatte einen großen Strauß Wiesenkräuter neben sich liegen und ordnete sie.

Simone und Matti saßen ein wenig abseits und Matti untersuchte Simones Knöchel.

»Guten Morgen«, sagte Kim in die Runde. »Wie geht es dir, Simone?«

»Es nützt alles nichts«, sagte Matti. »Der Knöchel ist über Nacht dicker geworden. Meiner Meinung nach muss eine Sportsalbe drauf, sonst wird die Schwellung nur schlimmer.«

Kim warf einen Blick auf Simones Verletzung. Die blaue Färbung war nicht zu übersehen. Das tat bestimmt richtig weh.

»Ich hab gedacht, dass es heute bestimmt wieder in Ordnung ist. Aber da hab ich mich wohl getäuscht«, knurrte Simone verärgert. Als sie zum Lagerfeuer humpelte, verzog sie ihr Gesicht vor Schmerzen. In der einen Hand hielt sie einen beinahe unangerührten Teller mit Getreidebrei und in der anderen ihre schmutzige Ringelsocke, die sie sich für die Untersuchung ausgezogen hatte.

Kim konnte Simones Laune gut nachvollziehen. Zum einen war ihr Knöchel fies verstaucht und zum anderen sah das Frühstück alles andere als lecker aus.
Aber um sicherzustellen, dass ihre eigene Laune nicht auch noch in den Keller wanderte, musste sie davon jetzt etwas essen. Sie griff sich eine Schale und nahm sich eine Schöpfkelle voll aus dem Topf.
»Das sind Nüsse und Samen, die ich heute Morgen schon gesammelt habe«, meinte Matti zufrieden. »Gekocht mit frischem Quellwasser. Ein echter Genuss. Und wir haben sogar ein paar Beeren für die Süße.« Stolz streute er ein paar Blaubeeren und Himbeeren über die klumpige graubraune Pampe in Kims Frühstücksschale.
Kim rührte lustlos mit ihrem Löffel darin herum. Ihr Magen gab einen lauten Knurrton von sich. Sie musste sich also überwinden. Rein damit, ermahnte sie sich. So schlimm würde es schon nicht werden.
Doch es wurde schlimm: Die wenigen Bissen, die Kim hatte runterwürgen können, lagen ihr wie Blei im Magen. Sie gab sich Mühe, nicht zu angewidert auszusehen, bemerkte aber, dass auch Marie und Franzi kaum etwas von dem Brei aßen und unglücklich und hungrig dreinschauten.
»Bevor unser heutiges Programm beginnt, muss Simone nach Feienbach«, meinte Matti. »Die Gesundheit hat immer Vorrang vor allem.«
»Soll ich mich wirklich untersuchen lassen?«, fragte Simone mürrisch. »Dafür muss ich ja ins Dorf. Kennst du nicht irgend-

ein Kraut, das ich essen oder mir um den Fuß rumwickeln könnte?«

»Ich bin kein Arzt, aber mein Vater«, antwortete Matti ernst. »Der Knöchel könnte auch angebrochen sein. Es wäre mir lieber, er würde sich das mal ansehen. Ich leite diesen Workshop und bin für euch verantwortlich.«

Kim beobachtete, wie er Simone verschwörerisch zublinzelte. Sie stutzte. Was hatte das denn zu bedeuten? Wahrscheinlich gar nichts, zügelte sie ihre Gedanken. Bestimmt war es einfach als Aufmunterung gedacht gewesen. Sie lächelte. War ja klar. Sobald auch nur im Entferntesten ein Fall auf der Bildfläche erschien, war ihr Gehirn nicht mehr zu bremsen, und alles, aber auch wirklich alles, wurde analysiert, geordnet und bewertet. Und wenn Simone sowieso ins Dorf musste, war das doch *die* Gelegenheit, mitzugehen, um wie ganz nebenbei Frau Bratenstein zu befragen?

»Wir begleiten dich, Simone«, sagte Kim deshalb schnell. »Das ist doch überhaupt kein Problem.«

Franzi und Marie verstanden sofort.

»Wenn wir zu dritt sind, können wir uns beim Stützen abwechseln«, fügte Franzi hinzu.

»Echt? Das ist total lieb von euch!« Simone stand umständlich auf. Unsicher wankte sie hin und her und streckte den drei !!! die Arme hin. »Ich würde vorschlagen, wir brechen auf, damit wir vor Sonnenuntergang wieder zurück sind. Ein Faultier ist heute ein D-Zug gegen mich.«

Kim und Franzi hakten Simone unter.

Matti schob den dreien noch einen Löffel des Himbeer-Breis in den Mund. »Zur Stärkung«, sagte er.
Kim verzog den Mund, konnte sich aber nicht wehren, weil sie Simone stützen musste. Sofort hatte sie das Gefühl, dass der Brei in ihrem Mund immer mehr und mehr wurde. Sie kniff die Augen zusammen, schluckte und schüttelte sich vor Ekel. »Danke«, brachte sie mit vollem Mund heraus.
Franzi und Simone lächelten Matti beide schief an.
Marie hob abwehrend die Hand. »Vielen Dank, ich bin schon satt!«, sagte sie, bevor auch sie einen weiteren Löffel dieses widerlichen Frühstücks essen musste.
Leichtfüßig sprang sie vorneweg, während Kim, Franzi und Simone sich im Schneckentempo in Bewegung setzten. Kim warf einen Seitenblick auf Simone. Die Arme kaute immer noch.

Alva liebt Theodor

Kim schwitzte. Es war zwar ziemlich früh am Morgen, aber schon ganz schön warm. Simone humpelte stark und sie zu stützen war anstrengender als angenommen. Eigentlich war es bis zum Haus der Heins nicht weit. Doch obwohl sie sich abwechselten, kamen sie nur sehr langsam voran. Als sie nur noch hundert Meter vor sich hatten, schlug Marie vor, vorauszulaufen und Frau Hein Bescheid zu sagen. Nach weiteren zehn Minuten standen sie neben dem blühenden Margeritenbäumchen und klopften an.

»Hallo, Marie hat mir schon alles erzählt«, begrüßte Frau Hein Kim, Simone und Franzi. »Es ist wirklich besser, wenn mein Mann sich den Knöchel mal ansieht. Er hat seine Praxis in der Stadt, aber ich habe ihm Bescheid gesagt und er kommt kurz vorbei. Simone kann hier auf ihn warten und sich ein wenig ausruhen. In einer Stunde könnt ihr sie wiederhaben.« Sie seufzte. »Heute ist wirklich so ein Tag, den man gerne aus dem Kalender streichen würde«, murmelte sie und führte Simone ins Haus.

»Danke fürs Herbringen«, sagte Simone im Hineingehen und winkte Franzi und Kim zu. »Bis später. Drückt mir die Daumen, dass nichts gebrochen ist.«
»Machen wir«, antwortete Franzi. »Ist doch klar.«
In diesem Moment trat Marie aus der Tür. Sie wirkte wie ausgewechselt. Matt, müde und ängstlich. Ihre Gesichtsfarbe glich der weiß getünchten Wand, an die sie sich gelehnt hatte.
»Marie, geht es dir gut?«, fragte Kim besorgt. »Warum warst du denn im Haus?«
»Ich war nur schnell auf dem Klo«, antwortete sie und schüttelte langsam den Kopf. »Ihr werdet niemals erraten, was mir Frau Hein gerade erzählt hat«, flüsterte sie. »Es ist ernster, als wir gedacht haben«, fuhr sie fort. »Der Feenfluch. Er ist wahr. Alles ist weg.«
»Alles ist weg?« Kim sah Marie erschrocken an. »Was meinst du mit *Alles*?«
»Der gesamte Schmuck von den Heins, von den Hartmanns und den Gochs«, antwortete Marie düster. »Der Feenfluch hat sie vergangene Nacht getroffen.«
»Also ich weiß nicht, die waren doch erst viel später auf der Lichtung«, gab Franzi zu bedenken. »Da war die Fee schon wieder weg.«
»Ein Fluch ist ein Fluch.« Marie verschränkte die Arme. »Der wirkt, wenn er ausgesprochen ist, auf die, die er treffen soll. So steht es zumindest in dem Blog *Engel wie wir*, den ich immer lese. Und Ria wäre sicher auch meiner Meinung.«
Kim kickte ein kleines Holzstück, das vor ihrem linken Fuß lag,

zur Seite. »Fluch oder nicht Fluch. Mädels, wir sind uns doch einig, dass ein neuer Fall auf uns wartet. Wir müssen herausfinden, ob es wirklich einen Zusammenhang zwischen dem Diebstahl und dieser Feenerscheinung gibt. Ob das nun eine echte Fee war oder nicht, ist erst einmal gar nicht so wichtig. Wichtig wäre allerdings, ein wenig mehr Informationen zu haben. Warum ist dieses Dorf im Kreis angelegt? Was hat es mit diesem wertvollen Schmuck wirklich auf sich? Und warum warnt uns Frau Bratenstein davor, auf der Lichtung zu übernachten? Es gibt nur einen Weg: Wir müssen sie fragen. Jetzt mehr denn je. Bestimmt kann sie uns einige unserer dringendsten Fragen beantworten. Und hoffentlich *will* sie das auch.«

»Aber wir wissen doch gar nicht, wo sie wohnt«, wandte Marie ein.

»Frau Bratenstein sieht obersuperwunderlich aus. Vielleicht ist ihr Haus ebenso wunderlich wie sie und wir finden es ganz leicht?«, meinte Franzi zuversichtlich.

»Ihr tut so, als sei Feienbach eine Großstadt. Wir sprechen hier von maximal dreißig Häusern. Und wir sind schließlich Detektivinnen. Also los! Egal wie, wir werden diese sonderbare Frau Bratenstein schon finden.« Kim grinste und marschierte los.

Leider waren am Himmel ein paar Wolken aufgezogen und verdeckten die Sonne. Ein frischer Wind ließ Kim frösteln. Sie zog den Reißverschluss ihrer Fleecejacke nach oben und steckte die Hände in die Taschen. Schweigend gingen die drei !!! nebeneinanderher.

Am Straßenrand wuchsen mächtige Ahornbäume und Eichen, sodass die Ringstraße eher wie eine Allee wirkte. Sie war zwar gepflastert, aber die letzten Winter hatten einige Schlaglöcher und Unebenheiten im Asphalt zurückgelassen. Kim war froh, dass Simone nicht mehr dabei war. Der Weg über die Wiese war schon anstrengend gewesen, aber das hier? Wahrscheinlich hätten sie Simone tragen müssen.

Sie liefen an einigen Doppelhaushälften mit gepflegten Vorgärten und Carport vorbei.

»Sieht eher nach Neubauten aus«, meinte Franzi fachmännisch. »Ich glaube nicht, dass Frau Bratenstein sich hier wohlfühlen würde.«

Marie und Kim gaben ihr recht.

Trotzdem versuchten sie, einen Blick in die Gärten und auf die Klingelschilder zu werfen. Doch nirgendwo stand der Name Bratenstein und es gab auch keine verdächtig hexisch aussehenden Kräutergärten.

Sie gingen weiter und die stete Biegung der Straße führte sie zu einem idyllischen Dorfplatz. Auch er war von Buchen umsäumt und die mit Stiefmütterchen bepflanzten Beete sahen freundlich und einladend aus. Vor der kleinen Kirche mit glänzendem goldenen Dach sprudelte ein Brunnen eine Wasserfontäne in die Höhe. Auf dem breiten Sockel inmitten des Brunnens stand eine geflügelte Frauenfigur aus Stein, auf die das Wasser zurückfiel. Durch die ständige Feuchtigkeit war die Figur beinahe vollständig mit einer grünen Moosschicht überzogen.

»Seht euch das mal an!« Marie deutete auf die Steinfigur. »Das ist eine Fee. Ganz eindeutig. Diese Legende zieht sich durch das ganze Dorf.«
»Kann schon sein«, sagte Kim ruhig. »Der Ort ist ja auch nach Feen benannt. Aber es könnte auch ein Engel sein. Schließlich steht der Brunnen direkt vor einer Kirche.«
»Engel gucken nicht so sauer«, wandte Marie ein. »Und diese Figur ist wütend, das sieht man doch!«
Kim betrachtete die Figur und musste Marie recht geben. Wenn das ein Engel sein sollte, dann sah er ganz schön miesepetrig drein.
»Engel oder Fee – wie auch immer«, sagte sie schnell. »Unsere Suche hat ein Ende. Seht mal, wer gerade aus der Kirche kommt.«
Frau Bratenstein hatte die drei !!! sofort wiedererkannt. »Die Unruhestifter sind da!«, rief sie, raffte ihre wallenden Röcke hoch und hastete über den Marktplatz auf die drei Mädchen zu. »Ihr habt meine Warnungen missachtet und jetzt tragt ihr Schuld an allem, was passieren wird und schon passiert ist. Das war ein fataler Fehler! Die Feen haben ihren Rachefeldzug angetreten.« Sie baute sich vor Kim, Franzi und Marie auf und stemmte die Hände in die Hüften.
Kim sah Frau Bratenstein mit großen Augen an. Diese Frau liebte es offensichtlich dramatisch. Und ihr Auftritt war noch nicht vorbei. Sie rollte mit den Augen und musterte erst Kim und dann Franzi kritisch. »Ihr beide seid verloren, da kann man nichts machen. Der Fluch wird euch treffen. Schneller, als

euch lieb ist.« Als sie jedoch bei Marie angelangt war, entspannten sich ihre Gesichtsmuskeln. »Bei dir ist es anders. Du … du … bist wissend und erkennst die Existenz des Feenvolkes an. Das spüre ich, mein Kind. Du hättest meine Warnung nicht in den Wind geschlagen wie all die anderen Ungläubigen.«
»Äh … ja … vielleicht nicht«, stotterte Marie unsicher. Sie warf Kim einen Seitenblick zu. »Frau Bratenstein, ich würde gerne mehr über dieses Feenvolk und den Fluch wissen. Genau genommen: wir drei«, fügte sie hinzu.
»Seid ihr sicher? Halten eure Nerven das aus?« Frau Bratenstein fixierte Kim auf besonders unangenehme Weise.
Doch Kim ließ sich nicht beirren und nickte bestimmt.
»Nun denn, ich muss erst beim Feenvolk um Erlaubnis bitten. Das könnte einen Moment dauern, da die Feen ohnehin schon in höchster Aufregung wegen des Fluchs sind.« Frau Bratenstein rollte wieder mit den Augen und hob die Arme gegen den Himmel. Die Ärmel ihres grünen Samtumhanges bauschten sich im Wind. »Ich erbitte die geistige Verbindung mit dem Volk der Feen. *Alvarum dimecum soloptit!*«, rief sie mit tiefer Stimme und stampfte mit den Füßen auf, die wieder in den goldenen Schnabelschuhen steckten. Die Glockenbänder um ihre Fußknöchel machten dabei ordentlich Lärm. Dann bewegte sie ihren Oberkörper kreisend vor und zurück und blieb plötzlich bewegungslos stehen.
Verlegen trat Kim von einem Fuß auf den anderen.
»Und jetzt?«, zischte Franzi. »Marie, weißt du, was das bedeuten soll?«

Marie schüttelte den Kopf. »Keine Ahnung. Wahrscheinlich eine Art Hypnose-Ekstase-Hexenzustand«, flüsterte sie. »Vielleicht hilft anstupsen?«
Frau Bratenstein öffnete langsam erst das eine und dann das andere Auge. »Wage es bloß nicht!«, drohte sie. Dann fügte sie hinzu: »Ihr habt Glück. Ich konnte die Feen befragen. Und sie haben Verständnis für euer Anliegen.«
Kim starrte Frau Bratenstein ungläubig an. Wenn sie auf diese Art und Weise an Informationen kam, dann konnte die alte Frau sich gerne ein zweites Mal in Hypnose versetzen.
Franzi drehte verlegen die Kordel ihrer Jacke um den Mittelfinger, sagte jedoch auch nichts. Das seltsame Verhalten von Frau Bratenstein ließ die Freundinnen sprachlos zurück. Marie ergriff als Erste wieder das Wort.
»Sie haben gerade wirklich mit dem Feenvolk gesprochen?«, fragte sie halb bewundernd, halb irritiert. »In diesem … äh … Zustand? Wissen Sie auch, was gestern Nacht passiert ist?«
Frau Bratenstein trat dicht an Marie heran und wisperte: »Dazu muss ich die Gedanken der Feen nicht lesen. Ich weiß alles über den alten Fluch. Und ich kann euch erklären, was passieren wird. Die Feen sind wütend. Unsagbar wütend.«
»Können Sie uns sagen, warum die Feen den Fluch ausgesprochen haben? Wie lautet denn die Legende?«, fragte Marie.
»Natürlich. Ich werde euch alles von Anfang an erzählen. Vielleicht versteht ihr dann besser, warum es dumm war, die Lichtung nicht zu verlassen. Denn ihr legt euch mit Mächten an, die ihr nicht kontrollieren könnt.«

Sie hörten Stimmen. Eine Frau kam mit dem Kinderwagen die Straße entlang. Frau Bratenstein wurde sichtlich unruhig.
»Es ist eine lange und traurige Geschichte. Wenn ihr sie hören wollt, müsst ihr mir in mein Haus folgen. Schnell!« Sie zeigte auf einen kleinen Bungalow, der neben der Kirche stand, raffte erneut ihre Röcke nach oben und lief schnell zum Haus hinüber. Die drei !!! folgten ihr.
»Hast du das gemerkt? Die will der Frau mit dem Kinderwagen nicht begegnen«, flüsterte Franzi Kim zu. »Sie hat eindeutig etwas zu verbergen.«

Der Bungalow war in einem zarten Fliederton gestrichen und im Vorgarten stand eine knallblaue Hollywoodschaukel mit bequem aussehenden Kissen.
Ah, sehr gut!, dachte Kim. Auf dem weichen Schaumstoff würde sie ihre blauen Flecken am Po weniger spüren. Trotzdem wunderte sie sich ein wenig. Matti hatte Frau Bratenstein als *alte Hexe* bezeichnet. Da hatte sie sich ihr Haus gleich wie ein Hexenhäuschen vorgestellt. Mit vielen getrockneten Kräutern und Schraubdeckelgläsern mit Froschbeinen, Schlangenhaut und Vogelspinneneiern ... Nun ja, bis auf ihre Kleidung und ihre altertümliche Ausdrucksweise gestern auf der Lichtung war die alte Dame wohl eher eine moderne Hexe.
Die drei !!! folgten Frau Bratenstein, die sich sofort entspannte, als sie außer Sichtweite war, den schmalen Gehweg entlang, der zu dem Bungalow führte. Hier war es windgeschützter als auf dem Kirchenplatz, und Kim fror schon nicht mehr, als sie den

kleinen Vorgarten betraten. Wie sie gehofft hatte, bat Frau Bratenstein sie, auf der Hollywoodschaukel Platz zu nehmen, und fragte sie, ob sie etwas trinken wollten.
Die drei !!! nickten und Frau Bratenstein verschwand im Haus. Kim ließ sich seufzend auf die Schaukel plumpsen und wippte vor und zurück.
»Rutsch mal«, forderte Franzi Kim auf und ließ sich neben ihrer Freundin nieder. Sie reckte die Arme nach oben und gähnte. »Ich bin gespannt«, sagte sie. »Auf diese Feengeschichte und auf das, was wir gleich zu trinken bekommen. Hoffentlich nicht irgend so einen Hexentrank.« Franzi streckte die Zunge heraus.
»Pst«, machte Marie und setzte sich auf die Liege, die neben der Schaukel stand. »Sie kommt wieder. Du bist echt *unmöglich*!« Dann lächelte sie strahlend und flötete Frau Bratenstein entgegen: »Das ist so nett, dass sie uns die Geschichte erzählen und wir sie dazu befragen dürfen.«
Frau Bratenstein stellte ein Tablett mit einer Karaffe Eistee und drei Gläsern auf den wackeligen kleinen Beistelltisch neben der Hollywoodschaukel.
»Befragen?« Frau Bratenstein zog erstaunt ihre Augenbrauen nach oben und goss den Eistee in die Gläser. »Das klingt ja nach einem Verhör!«
»Wir sind ja auch …«, wollte Franzi ansetzen, aber Kim stieß sie leicht in die Seite.
»… schon total auf die Geschichte gespannt«, ergänzte Kim geistesgegenwärtig.

Frau Bratenstein holte sich einen Klappstuhl, der an der Wand der gar nicht Hexen-typischen Behausung lehnte, und fuhr sich durch die langen, offenen Haare. Dann beugte sie sich zu den drei !!! und fing an, leise und in verschwörerischem Ton zu erzählen: »Alles begann vor 100 Jahren. Bis zu diesem Zeitpunkt lebte das Feenvolk auf der Lichtung. Im Wald bewahrten sie ihren großen Schatz. Eine Kiste mit so schönem und wertvollem Schmuck, wie ihr es euch nur denken könnt. Die Feienbacher respektierten die Feen und wären niemals auf die Idee gekommen, ihr Gebiet ohne Erlaubnis zu betreten, geschweige denn, sich an ihrem Schmuck zu bereichern. Die Feen und Menschen waren keine Freunde, dazu waren die Feen auch viel zu unnahbar, aber sie beschützten die Bewohner des Dorfes. Es gab keinen Streit, nie wurde jemand krank, und die Menschen in Feienbach waren sehr, sehr glücklich.
Doch dann geschah das Furchtbare: Alva, eine junge Fee, verliebte sich in Theodor, den Ururgroßvater von Frau Hein. Das ist Mattis Mutter, ihr kennt sie.«
Kim, Franzi und Marie nickten und sahen Frau Bratenstein gespannt an.
»Und ihr könnt euch sicher denken, was danach geschah?«
Kim, Franzi und Marie schüttelten den Kopf.
»Ihr müsst wissen: Feen und Menschen dürfen sich nicht ineinander verlieben. Das ist streng verboten. Doch Alva und Theodor ignorierten die Warnungen und trafen sich weiter unten am Fluss. Das ging eine ganze Zeit lang gut, bis Alva merkte, dass sie ein Kind erwartete. Sie beichtete es ihrer Mut-

ter, die fuchsteufelswild wurde und ihre Tochter aus dem Volk der Feen verstieß. Die arme Alva war so verzweifelt und wütend, dass sie nur eine Möglichkeit sah: Sie stahl den Feenschatz und folgte Theodor ins Dorf.«

»Das ist ja furchtbar. Die arme Alva!« Marie schlug vor Entsetzen die Hände vor den Mund.

»Als die Feen bemerkten, dass der Schatz weg war, hatten sie natürlich sofort Alva im Verdacht«, fuhr Frau Bratenstein unbeirrt fort. »Voller Zorn zogen sie ins Dorf und versammelten sich um das Haus der Heins. Sie schlugen an die Scheiben und rüttelten am Tor. Nach einiger Zeit wurde es Alva und Theodor zu viel. Sie stellten sich auf den Balkon und versuchten noch einmal, ihre Situation zu erklären. Doch die Feen blieben unerbittlich. Da begann Alva zu weinen. Und Tränen sind etwas Menschliches, müsst ihr wissen, Feen können nicht weinen. Niemand weiß, warum das möglich war, vielleicht wegen des Kindes in ihrem Bauch, das ja zur Hälfte ein Mensch war. In diesem Augenblick wurden die Feen ganz weiß vor Schreck und wichen zurück. Nur die Oberfee blieb stehen und funkelte Alva an. Dann stieß sie den fürchterlichen Fluch aus, den wir seit gestern hier in Feienbach zu spüren bekommen. Und der lautete: Solange die Feen den Schmuck nicht wiederbekommen, werden Krankheit und Unglück über die Bewohner von Feienbach hereinbrechen.«

»Der Schmuck, den die Bewohner hier haben, ist also eigentlich Feenschmuck?«, fragte Marie erstaunt.

»Richtig«, bestätigte Frau Bratenstein.

»Aber ich habe während meiner Recherche über das Dorf überhaupt nichts von besonders vielen Krankheiten oder Unfällen in der Vergangenheit gehört«, wandte Kim ein. »Hat der Fluch denn nicht geklappt?«
Frau Bratenstein lächelte wissend und erklärte: »Ja, so ähnlich. Alva konnte ihn mit einem Gegenfluch verschieben. Um hundert Jahre ...«
»Na, so ein Glück!« Kim schmunzelte.
Doch Marie hatte schnell kombiniert und sah Frau Bratenstein ängstlich an. »Das ist genau jetzt«, überlegte Marie. »Der Fluch wirkt nun, ein Jahrhundert später, weil die Feen ihren Schmuck nicht zurückbekommen haben.«
»Und ihr habt die Feen zusätzlich erzürnt, als ihr gestern Nacht mit eurer Seminargruppe in ihr Gebiet eingedrungen seid ...«
»Es ist auch gleich etwas Schreckliches passiert«, erzählte Marie kleinlaut. »Simone war verschwunden und hat sich ziemlich übel den Knöchel verstaucht.«
»Der Fluch ...« Frau Bratenstein stöhnte entsetzt auf und presste ihre Hände an die Schläfen. »Ich spüre, wie er mächtiger wird!«
»Und der Schmuck von Frau Hein und ihren Nachbarinnen ist gestohlen worden«, fügte Franzi vorsichtig an.
Frau Bratenstein stieß nun einen spitzen Schrei aus. »So weit ist es schon gekommen? Ich hatte es befürchtet. Die Feen holen sich nun mit Gewalt, was ihnen gehört ... ja, was ihnen schon immer gehört hat! Gebt auf euch acht. Es werden immer mehr furchtbare Dinge geschehen. Und es wird nicht aufhören, bis

jeder Edelstein und jedes Goldkettchen wieder an seinem Platz ist.«

Frau Bratenstein sah mit einem Mal sehr alt und müde aus. »Lasst mich nun allein«, bat sie ihre Besucherinnen. »Ich habe euch alles gesagt, was ich weiß. Damit müsst ihr euch leider begnügen.«

Kim nahm einen großen Schluck vom Eistee und tauschte mit Franzi und Marie Blicke aus. »Haben Sie vielen Dank«, sagte sie. »Die Geschichte war toll!«

»Es ist keine Geschichte, Mädchen. Es ist die Wahrheit.« Frau Bratenstein fasste sich ans Herz und atmete schwer. Dann flüsterte sie mit schwacher Stimme. »Tut etwas, sonst sind wir verloren!«

Abgestürzt!

»Es passt alles zusammen«, flüsterte Marie, als sie wieder auf dem Platz vor der Kirche standen. »Das ist so was von unheimlich. Ich kann die Nähe der Feen förmlich spüren. Ihre Wut und ihren Zorn.«

»Na klar passt alles zusammen«, meinte Kim ungerührt. »Das ist eine Geschichte. Ein Märchen, eine Legende, eine Fantasy-Story, wie David und ich sie schreiben könnten. Nenn es, wie du willst!«

»So richtig viel haben wir nicht herausbekommen. Zumindest nicht, was diesen Spuk von letzter Nacht betrifft. Als es richtig spannend wurde, mussten wir ja gehen.« Franzi wirkte enttäuscht. Dann blickte sie auf die Kirchturmuhr und erschrak. »Wir waren über eine Stunde bei Frau Bratenstein. Wir müssen Simone abholen! Die macht sich bestimmt schon Sorgen, wo wir so lange bleiben.«

Die drei !!! gingen die Dorfstraße zurück. Die Stimmung war gedrückt. Kim überlegte, ob Marie wohl sauer war, dass Franzi und sie nicht an die Feengeschichte glaubten. Hm, sauer war

vielleicht nicht ganz richtig. Wahrscheinlich fühlte sie sich eher ziemlich allein mit ihrer Angst.
Plötzlich hielt es Marie nicht mehr aus. »Ich fürchte mich«, gestand sie. »Ich weiß, ihr glaubt nicht an diesen Feenfluch, und ich versuche wirklich, euch zu vertrauen und vernünftig zu sein, aber ich habe richtig Angst. So viel Angst, dass ich gerne nach Hause gehen würde, versteht ihr das? Ich möchte nicht in diesem unheimlichen Fall ermitteln und mir ist auch ganz gleich, wer den Schmuck gestohlen hat und ob die rechtmäßigen Besitzer ihn zurückbekommen oder nicht. Und auch, ob ihr über mich lacht.« Maries Lippen zitterten und plötzlich rannen dicke Tränen ihre Wangen hinunter.
Kim erschrak. Dass es so schlimm um Marie stand, hatte sie nicht gedacht. Sie stoppte und nahm ihre Freundin fest in den Arm. Franzi stellte sich auch dazu und strich Marie über die blonden langen Haare.
»Wir würden doch niemals über deine Ängste lachen«, tröstete Kim sie. »Und ich kann dich verstehen. Das Ganze ist wirklich komisch. Ich glaube nur fest daran, dass es eine ganz natürliche Erklärung dafür gibt.«
Marie senkte den Blick. »Danke für die dicke Umarmung. Ich wünschte, ich könnte die Sache so angehen wie ihr. Aber es ist gut zu wissen, dass ihr mich versteht. Dann schäme ich mich nicht mehr so. Ich versuche schon die ganze Zeit, mir die Tatsachen vor Augen zu führen, aber trotzdem kann ich meine Angst nicht wegschieben. Wie macht ihr das? Bei euch klingt das alles immer so einfach.«

»Vielleicht *ist* es ja auch so einfach«, fügte Franzi hinzu. »Es ist zumindest naheliegender, dass uns jemand einen Streich spielen will, als dass da echte Feen am Werk sind. Und jetzt, wo der Schmuck weg ist, ergibt dieser angebliche Spuk auch Sinn. Entweder der Täter hat die Situation ausgenutzt oder er hat sie heraufbeschworen, um sein Verbrechen in aller Ruhe zu begehen.«

»Ich hoffe, ihr habt recht.« Marie sah Kim und Franzi an. Kim spürte, wie Marie innerlich mit sich rang. »Ich möchte den Fall ja auch lösen. Ich bleibe. Aber nur unter einer Bedingung: Von nun an sind wir drei immer zusammen. Wo das eine Ausrufezeichen ist, da sind auch die zwei anderen. Einverstanden?«

»Einverstanden«, sagte Franzi.

»So was von einverstanden!« Kim lächelte. Jetzt war der richtige Moment für eine ordentliche Portion Extra-Power. Für Marie, aber auch für sie und Franzi.

Kim streckte den Arm nach vorne aus. »Eins!«

Franzi streckte ebenfalls den Arm aus und rief: »Zwei!«

Marie zögerte einen Augenblick und tat es Franzi und Kim gleich. »Drei!«, sagte sie leiser als die beiden anderen.

Dann warfen sie gleichzeitig die Arme nach oben und brüllten, so laut sie konnten: »Power!!!«

Eine Spaziergängerin, die gerade an ihnen vorbeiging, zuckte zusammen.

Marie kicherte. »Entschuldigen Sie bitte«, rief sie der Frau hinterher. »Aber das war leider nötig.«

Die Frau drehte sich noch einmal verunsichert um, ging aber dann ohne ein Wort weiter.

Kim spürte, wie neue Energie in sie hineinschwappte und alle Sorgen und Bedenken aus ihr herausspülte. Diese Fee musste sich warm anziehen, denn jetzt waren ihr die drei !!! auf den Fersen!

Kim sah Simone schon von Weitem auf der Bank vor dem Haus der Heins sitzen. Kim winkte ihr zu und sie winkte zurück.
»Das sieht mir nicht nach einer schlimmen Diagnose aus«, sagte Franzi gut gelaunt. »Ich glaube, wir können sie wieder mitnehmen.«
»Wie gut.« Kim war erleichtert, dass sich das Simone-Problem weitgehend von selbst gelöst hatte.
»Hilfe! Was macht denn Frau Hein da?« Marie deutete erschrocken auf ein offenes Fenster im ersten Stock, in dem Mattis Mutter auf einer wackeligen Leiter stand und gerade versuchte, auch noch die rechte Ecke mit dem Lappen zu erreichen.
Franzi zuckte mit den Schultern. »Fenster putzen?«
»Sieht gefährlich aus.« Marie beobachtete Frau Hein besorgt. »Vorsicht!«, rief sie ihr zu. »Ist das nicht zu wackelig?«
Frau Hein blickte auf, lächelte, weil sie Marie erkannt hatte, und lehnte sich noch ein Stückchen weiter nach vorne. Dann geschah genau das, was Marie befürchtet hatte.
Die Leiter kippte wie in Zeitlupe, Frau Hein kippte mit, krallte sich mit beiden Händen am Fensterrahmen fest, doch vergeblich: Sie stürzte aus dem Fenster, stieß dabei einen hohen, lang gezogenen Schrei aus und fiel mit einem dumpfen Aufprall in die Buchsbaumhecke direkt unter dem Fenster.

»Der Fluch«, krächzte Marie.
Sie rannten zur Unglücksstelle, um Frau Hein zu helfen.
Franzi war am schnellsten dort. »Frau Hein?«, fragte sie besorgt. Frau Hein war ansprechbar und hatte sich bereits aufgesetzt. Trotzdem schien sie sich erst einmal orientieren zu müssen.
»Es ... geht ... mir ... gut. Glaub ... ich ... zumindest!«, stotterte sie. Sie betrachtete ihre Arme und Beine, wie um sich zu vergewissern, dass sie noch dran waren.
»Sie bluten an der Stirn«, meinte Simone, die herangehumpelt war. »Ich hole etwas, um die Wunde zu säubern.«
Frau Hein nickte dankbar. »Der Verbandskasten liegt noch von vorhin auf dem Küchentisch.«
Dann wandte sie sich an die drei !!!. »Ich kann gar nicht verstehen, wie das passiert ist«, sagte sie kleinlaut.
»Die Feen rächen sich«, flüsterte Marie.
»Jetzt nicht«, wies Kim Marie zurecht. »Bitte, wir haben das doch vorhin besprochen ...!«
»Können Sie aufstehen?«, fragte Franzi und reichte Frau Hein die Hand, damit sie sich daran hochziehen konnte.
»So wie es aussieht, ist mir bis auf die Schramme auf der Stirn nichts passiert. Das grenzt beinahe an ein Wunder«, meinte Frau Hein und richtete sich auf. »Vor allem, weil ich weich gefallen bin. Keine Ahnung, warum, aber die Auflagen unserer Liegestühle liegen hier. So ein Zufall!«
»Da haben Sie echt Glück gehabt.« Franzi bog die dickeren Buchsbaumäste zur Seite, damit Frau Hein zu ihnen kommen konnte. »Das hätte viel schlimmer ausgehen können.«

»So langsam weiß ich wirklich nicht mehr, was ich glauben soll«, flüsterte Frau Hein und in ihren Augen flackerte Angst auf. »Seit gestern passieren nur komische Sachen. Erst habe ich Frau Bratenstein mit ihrem plötzlichen Getue um die alte Sage für Aberglauben und Quatsch gehalten. Aber mittlerweile bin ich mir nicht mehr so sicher: Sind das normale Unfälle? Oder ist hier wirklich Übersinnliches am Werk?«
»Frau Hein, wir sind uns *sehr* sicher, dass diese Vorkommnisse nicht auf das Konto irgendwelcher Feen gehen. Ich verspreche Ihnen, wir werden herausfinden, warum diese merkwürdigen Dinge passieren und wer den Schmuck gestohlen hat.« Sie deutete auf Franzi und Marie. »Wir sind Detektivinnen. Und wir würden uns der Sache gerne annehmen!«
Sie kramte in ihrer Hosentasche und zog eine leicht verknickte Visitenkarte der drei !!! hervor. »Hier ist unsere Karte!«, sagte sie und überreichte sie Frau Hein. »Leider hat sie, wie wir, die Nacht im Schlafsack verbracht, deswegen sieht sie ein wenig zerknautscht aus.«

»Detektivinnen? Und ihr löst jeden Fall? Auch wenn er so unheimlich ist wie dieser?«, fragte sie mit Bewunderung in der Stimme.
»Natürlich.«
»Jederzeit.« Franzi und Kim waren sich einig.
»Man kann sich die Fälle nicht aussuchen«, meinte Marie etwas vorsichtiger.
»Dann wäre ich sehr froh, wenn ihr die Ermittlungen aufnehmen könntet. Nicht nur, um meine eigene Neugierde zu stillen, sondern selbstverständlich auch zum Wohle der gesamten Dorfgemeinde. Ich frage mich wirklich, was das alles zu bedeuten hat …« Frau Hein besah sich die Karte noch einmal von hinten und vorne. »Als ich sieben Jahre alt war, hatte ich auch einmal einen Detektivclub«, erzählte sie gedankenverloren. »Wir waren zu viert. Ich, meine Schwester und unsere Cousinen. Wir nannten uns *Miss Marple & Töchter.*« Sie lächelte und wirkte dabei ein wenig wehmütig. »Das waren Zeiten! Wir hatten viel Spaß, aber einen richtigen Fall haben wir nie gelöst.«
In diesem Augenblick kam Simone mit einem sterilen Tuch und einem großen Pflaster aus dem Haus. Sie verarzteten Frau Hein, verabschiedeten sich von ihr und beschlossen, wieder zurück auf die Lichtung zu gehen.
Diesmal allerdings wich Marie ihnen nicht von der Seite.

Grasgeflüster

Kim lag auf der Wiese und genoss die Wärme der Sonne. Die Wolken hatten sich verzogen und der Wind war abgeflaut. Perfektes Wetter für einen weiteren Nachmittag in der freien Natur. Sie steckte ihre Hand in den Schlafsack. Heimlich öffnete sie den Reißverschluss der eingenähten Tasche und tastete. Zwei Gummibärchen und drei Bonbons. Ein kleiner Süßigkeiten-Kick war genau das, was sie jetzt brauchte. Klammheimlich und so langsam, dass kein verräterisches Rascheln entstand, schälte sie das Bonbon aus der Folie und steckte es sich mit einer blitzschnellen Handbewegung in den Mund. Marie und Franzi bemerkten den unerlaubten Süßigkeitenkonsum nicht. Sie dösten neben ihr vor sich hin; jede hing ihren eigenen Gedanken nach.

Als sie vorhin wieder auf die Lichtung gekommen waren, hatten sich alle gefreut, dass Simone wieder da war. Simone hatte anschließend berichtet, dass Mattis Vater eine Stauchung diagnostiziert hatte und sie ihrem Fuß einfach ein wenig Ruhe gönnen sollte. Danach hatten sie einen Wildblumensalat gegessen und die Ereignisse der letzten Nacht und des Vormittags besprochen. Als Franzi von Frau Heins Unfall und von den Diebstählen erzählt hatte, wollte Matti sofort nach Hause und nach dem Rechten sehen. Doch sie konnten ihn überzeugen, dass es seiner Mutter gut ging und er sich keine Sorgen zu machen brauchte.

»Jetzt haben wir einen Fall, aber eine Sache ist anders als sonst«, sagte Franzi plötzlich in die Stille hinein. »Ich sehe keinen Verdächtigen weit und breit. Zumindest keinen, der ein stärkeres Motiv hat als die anderen.«

»Es ist echt schwierig«, gab Kim zu. »Im Prinzip kann es jeder aus dem Dorf gewesen sein.«

»Und jeder aus der Gruppe«, meinte Marie. »Ich weiß nämlich nicht, was die vor dem Spuk alle gemacht haben. Da habe ich geschlafen …«

»Wenn ich ehrlich bin, habe ich auch *während* des Spuks nicht auf die anderen geachtet.« Franzi scheuchte eine Fliege weg, die sich auf ihre Stirn gesetzt hatte. »Schöne Pleite. Dann haben wir Frau Hein wohl zu viel versprochen.«

»Seit wann gibst du denn so schnell auf?« Kim kitzelte Franzi mit einem Grashalm unter der Nase. »Wir müssen eben irgendwo anfangen. Wie sonst auch. Jemanden befragen. Dann ergibt sich eins nach dem anderen.«

»Haben wir ja schon. Bloß hat das bei Frau Bratenstein nicht so viel gebracht«, meinte Marie. »Vielleicht sollten wir unsere Gehirne mal auslüften und an etwas *ganz* anderes denken? Was Schönes?«

Franzi grinste. »Finde ich gut. Ich habe sowieso schon länger auf die passende Gelegenheit gewartet. Ich muss euch nämlich um einen Liebestipp bitten.«

»Geht es um Blake oder ist da jemand anderer am Horizont?«, fragte Marie sofort und zwinkerte ihrer Freundin verschmitzt zu.

»Blake natürlich. Seit er die unfreiwillige WCMX-Auszeit hatte, ist er wie ausgewechselt. Anscheinend hat er bemerkt, dass es in seinem Leben durchaus noch andere Dinge gibt als Rollstuhlsport. Mich!«, erzählte Franzi mit einem zufriedenen Lächeln auf den Lippen. »Und das ist so toll. Ich bin wie frisch verliebt. Er hat mich gebeten aufzuschreiben, was ich gerne mit ihm machen würde. Eine Date-to-do-Liste!«

»Das ist ja schön!« Kim freute sich riesig für Franzi. In letzter Zeit war es mit Blake und ihr nicht optimal gelaufen. Blake war ein sehr erfolgreicher Wheelchair-Motocross-Fahrer, was bedeutete, dass er wie wild in seinem Rollstuhl durch die Gegend peste und kein gefährlicher Sprung und kein waghalsiger Salto vor ihm sicher waren. Seit er in Amerika hatte trainieren dürfen, hatte er nichts anderes mehr im Sinn gehabt und kaum mehr Zeit mit Franzi verbracht. Doch eine schmerzhafte Verletzung an der Hand hatte ihn eine Zeit lang lahmgelegt. Offensichtlich hatte dieser Unfall auch Gutes mit sich gebracht – rein liebestechnisch gesehen.

»Und ich überlege die ganze Zeit herum, was ich gerne tun möchte, aber mir fällt und fällt nichts ein! Ich würde am liebsten nur abhängen, kuscheln und quatschen«, erklärte Franzi.

»Das eine schließt das andere ja nicht aus.« Marie klatschte in die Hände. »Erst geht ihr zum *Eisdealer*, dann macht ihr einen romantischen Spaziergang im Park und dann: quatschen und kuscheln.«

Franzi nickte. »Kim, gib mir mal ein Blatt Papier und einen Stift. Maries Vorschlag gefällt mir schon mal, den werde ich notieren. Weiter?« Kim reichte ihr Blatt und Stift und Franzi malte ein großes Herz auf das Papier. In das Herz schrieb sie: *Eisdealer* und *Parklauf im Sonnenuntergang.*

Kim stöhnte laut auf. »Im Ernst? Park*lauf*? Das klingt megaanstengend.«

Franzi legte den Kopf schief. »Im Sonnenuntergang!«, sagte sie nachdrücklich. »Für mich klingt das megaromantisch!«

»Und was kommt als Nächstes?« Kim kicherte. »Knutschen beim Gewichtheben? Armdrücken im Kino-Love-Chair? Händchenhalten beim Marathon?«

»Na und?«, antwortete Franzi. »Weniger Sport heißt ja nicht, dass wir ihn ganz aus unserem Leben streichen müssen, oder? Ich nehme alle deine Ideen an!«

»Ihr passt echt besser zusammen, als euch klar ist«, meinte Marie und schüttelte den Kopf. Sie deutete auf das Herz. »Da oben ist noch was frei. Wie wär's mit Drachen steigen lassen beim Fallschirmspringen?«

»Wunderbare Idee!« Franzi lächelte zufrieden. »Ihr seid die Besten.«

»Gern geschehen«, sagte Marie und verzog leidend das Gesicht. »Ich muss übrigens mal ganz dringend. Der ganze Eistee

von vorhin ... Aber ich trau mich nicht alleine. Könnt ihr vielleicht mitkommen?«
Franzi nickte.
»Logo«, sagte Kim und stand auf. Sie konnte Marie verstehen. Auch wenn sie es vor Marie und Franzi nie zugegeben hätte, war es Kim sogar ganz recht, dass Marie keinen Schritt mehr allein gehen wollte. Dann musste *sie* nämlich auch keinen alleine tun.
Sie gingen quer über die Lichtung zum Waldrand, wo sich eine Art Plumpsklo befand, das für die Gruppe an diesem Wochenende als Toilette diente. Das provisorische Klo, das auf Marie wirkte, als käme es direkt aus dem Mittelalter, war zwar ein bisschen ungewohnt, aber es war bei Weitem besser, als gar kein Klo in Reichweite zu haben.
Franzi streckte die Hand aus und beinahe sofort landete ein roter Marienkäfer auf ihrem Handrücken.
»Da bist du ja wieder, kleiner Freund«, sagte Franzi und betrachtete den Käfer liebevoll. »Der verfolgt mich schon den ganzen Tag. Ich glaube, die anderen Käfer haben ihn ausgeschlossen, weil er nur einen Punkt hat. Normalerweise haben sie immer zwei oder ein Vielfaches von zwei«, erklärte sie.
Kim schmunzelte. Es war unglaublich. Franzi schaffte es sogar, Marienkäfer zu dressieren. Über jeden anderen Menschen, in den sich ein Käfer verliebte, hätte Kim sich gewundert. Aber nicht über Franzi. Sie liebte Tiere, und zwar ausnahmslos. Wahrscheinlich würde sie sogar mit einer Spinne kuscheln, wenn sich die Gelegenheit ergäbe. Und die Tiere spürten, dass

Franzi sie mochte, und vertrauten ihr auf ganz besondere Art und Weise.
»Das ist doch ganz hübsch«, meinte Marie und deutete mit dem Zeigefinger auf den großen Punkt, der sich über beide Flügel erstreckte. Dabei funkelte der Feenstaub auf Maries Nagel und der Marienkäfer breitete die Flügel aus und flog weg.
»Hey, ist der etwa vor meinen Nägeln geflohen? Dieser Käfer weiß nicht, was cool ist!« Marie sah dem kleinen fliegenden Punkt enttäuscht hinterher.
»Ich befürchte, hier auf dem Land gibt es keine Käferdisco oder so was.« Franzi lachte. »Woher soll er also wissen, was cool ist?«
»Und was ist mit den Glühwürmchen? Funkeln und glitzern die etwa nicht?«, fragte Marie und grinste.
»Marienkäfer fliegen tagsüber und Glühwürmchen schwirren nachts herum. Die musst du erst einmal miteinander bekannt machen«, meinte Franzi.
Marie gab auf und schwieg.
In diesem Augenblick hielt Kim inne. Waren da nicht Stimmen zu hören? Sie hielt Franzi und Marie am Arm zurück. »Seid mal kurz leise«, bat sie.
Franzi und Marie sahen sie verständnislos an.
Doch Kim war sich jetzt sicher. Sie hatte Stimmen gehört. Sie legte den Finger an die Lippen und deutete auf den Waldrand. »Duckt euch! Da ist was. Hört ihr das auch?«
Franzi und Marie lauschten und nickten dann. Langsam näherten sie sich noch ein Stück über die Wiese. Dann versteckten sie

sich hinter einem hohen Büschel Gras. Jetzt waren die Stimmen zwar deutlich zu hören, aber was gesprochen wurde, konnte Kim nicht verstehen. »Wir müssen noch dichter ran«, flüsterte sie.

»Das geht aber nur, wenn wir uns ranrobben«, sagte Marie unglücklich. »Und das ist Gift für meine Feennägel!«

»Es gibt aber keine andere Möglichkeit«, wisperte Kim zurück. »Oder willst du, dass sie uns sehen?«

Marie seufzte und warf einen letzten Blick auf die schimmernde Pracht. »Adieu, ihr Funkelmeisterwerke«, murmelte sie.

Vorsichtig pirschten sie sich an. Franzi geschmeidig wie eine Eidechse, Marie wie eine Katze, die sich ihre Pfoten nicht schmutzig machen wollte. Kim selbst fühlte sich eher wie ein behäbiger Dachs. Leise keuchend ließ sie sich als Dritte neben Marie und Franzi in einer Erdmulde nieder und ging in Deckung. Die beiden Jungen saßen wahrscheinlich in der nächsten Senke, denn sie konnten das Gespräch nun klar und deutlich verstehen.

»Und? Wie willst du das Ding klarmachen?«, hörte Kim eine Jungenstimme sagen. Wenn sie nicht alles täuschte, gehörte sie Jesper.

»Ich weiß noch nicht«, antwortete jemand. »Die Kette habe ich auf jeden Fall. Aber ob das genügt?«

»Zeig mal her!«, sagte der Erste. »Wow, die sieht richtig gut aus.«

»Dann hat sich der Aufwand wenigstens gelohnt«, meinte der Zweite.

Diesmal war Kim sich sicher: Die tiefe Stimme – das war die Stimme von Knut!
Unglaublich! Knut und Jesper hatten sich von der Gruppe abgesondert, um ganz in Ruhe über ein »Ding«, das sie klarmachen wollten, und über eine Kette zu sprechen? Das war ja hochinteressant. Sollte sich dieser Fall hier und jetzt so schnell lösen lassen? Kim schielte zu Franzi und Marie, die mit vor Aufregung geweiteten Augen und gespitzten Ohren neben ihr hockten.
»Du brauchst nur noch einen Vorwand, um sie wegzulocken«, sagte Jesper nun. »Und dann erzählst du ihr, dass sie deine Fee oder so was ist, und gibst ihr den Schmuck. Glaub mir, ich habe das schon ein paar Mal gemacht, das hat immer funktioniert.«
»Das ist alles total neu für mich. Ich habe null Erfahrung mit solchen Dingen. Mir ist richtig schlecht vor lauter Aufregung. Was ist, wenn es schiefgeht?«, jammerte Knut.
»Was soll denn da schiefgehen? Schließlich haben wir alles geplant.« Jesper war unerbittlich. »Du hast damit angefangen, jetzt ziehst du die Sache auch durch.« Dann sagte keiner der beiden mehr ein Wort.
Kim bedeutete Marie und Franzi mit einer Handbewegung, den Rückzug anzutreten. Meter für Meter schoben sie sich rückwärts Richtung Waldrand. Aua. Kim stöhnte und konnte den Fluch, der ihr auf den Lippen lag, gerade noch runterschlucken. Sie hatte mit der Hand in eine Brennnessel gelangt.
Als sie ganz außer Hörweite von Knut und Jesper waren, sagte

Franzi: »Das war ja wohl eindeutig. Nun wissen wir, wer den Schmuck gestohlen hat.«

»Eindeutig ist es noch lange nicht, aber wir haben zumindest einen begründeten Verdacht«, stellte Kim fest.

»Ich finde, das beweist gar nichts.« Marie trat unruhig von einem Bein auf das andere. »Sie haben weder von einem Diebstahl gesprochen noch haben wir den gestohlenen Schmuck gesehen. Und überhaupt …« Sie zog Franzi und Kim weiter zum Waldrand. »… können wir vielleicht später weiterermitteln? Ich kann gar nicht mehr klar denken, weil ich so dringend aufs Klo muss.«

Wunderheilung

Zu dritt kamen sie ein paar Minuten später aus dem Wald.
»Was machen wir denn jetzt mit Knut und Jesper?«, fragte Franzi, die, seitdem sie das Gespräch der beiden Jungen belauscht hatten, an nichts anderes mehr denken konnte.
Kim zuckte mit den Schultern. »Entweder wir ermitteln weiter verdeckt, bis wir echte Beweise haben, oder wir stellen die beiden zur Rede.«
»Ich glaube, ich bin für weitere verdeckte Ermittlungen.« Marie knabberte an ihrer Oberlippe. »Ganz sicher bin ich mir jedoch nicht. Ich vermisse meine Badewanne. Wären wir zu Hause und würden in einem besonders kniffligen Fall ermitteln, wäre meine Lösung: erst mal ins heiße Wasser legen und entspannen. Hinterher weiß ich dann meistens, wie ich was angehen will.« Marie sah an sich hinunter und zuppelte ihren rosafarbenen Fleecepulli zurecht. »Manchmal hilft mir auch ein neues Outfit beim Nachdenken. Dieses Outfit habe ich nun schon den zweiten Tag in Folge an. Horror.«
»Ich weiß nicht, was du hast. Obwohl wir uns seit gestern

Nachmittag im Wald herumtreiben, siehst du immer noch aus wie aus dem Ei gepellt. Du hast es sogar geschafft, über den Boden zu robben, ohne dich schmutzig zu machen. Und deine Nägel sind auch noch nicht abgebrochen. Außerdem ist mir nicht aufgefallen, dass dein Gehirn weniger gut funktioniert. Mach dir also keine Sorgen«, beruhigte Kim Marie. Sie staunte immer wieder, wie Marie es fertigbrachte, in jeder Situation so perfekt und hübsch auszusehen. Jahrelanges Training, schätzte sie. Sie fuhr sich durch die kurzen, braunen Haare. Puh, die waren ganz schön verstrubbelt. Doch stylen war eben schwierig, wenn man keinen Spiegel zur Verfügung hatte. Und bei einem Outdoor-Abenteuer außerdem auch nicht so wichtig.
»Morgen Abend werde ich auf jeden Fall das Marie-Grevenbroich-Spezial-Verwöhnprogramm starten. Das schwöre ich euch.« Marie hielt inne. »Das gibt es doch nicht!«, sagte sie aufgeregt. »Ich kann überhaupt nicht glauben, was ich sehe. Die verdeckten Ermittlungen müssen kurz noch warten. Sensationen haben immer Vorrang.«
Kim wollte sofort auf die Lichtung treten, um zu sehen, was Marie so verwunderte, doch Marie hielt sie zurück.
»Versteckt euch hinter dem großen Baum da«, bat sie. »Und dann guckt mal heimlich, wer da munter herumspringt!«
Kim trat einen Schritt zurück und verbarg sich hinter der großen Eiche. Vorsichtig linste sie hervor. Erst war nichts zu sehen, doch dann bemerkte sie Simone, die leichtfüßig ein paar Blumen pflückte.
»Unmöglich. Das kann nicht sein«, meinte Franzi und zog

nervös ihren linken Zopf fester. »So schnell kann das auf keinen Fall gehen. Ihr Knöchel war heute Morgen noch total blau.«

»Wer weiß.« Marie verschränkte die Arme. »Schließlich haben wir es hier mit Übersinnlichem zu tun. Vergesst das nicht.«

»Dann werde ich sie mal fragen, ob sie Feenmedizin bekommen hat.« Kim trat aus dem Wald und rief: »Hey, Simone!«

Als Simone Kims Stimme hörte, zuckte sie erschrocken zusammen, als ob sie bei etwas Peinlichem ertappt worden wäre. »H...hallo, Kim«, antwortete sie stotternd und raffte das dicke Bündel mit weißem Stoff, das sie unter dem einen Arm hatte, ein wenig fester. »Was machst du ...«, sie entdeckte Franzi und Marie und verbesserte sich: »... äh, ihr denn hier?«

»Ach, so dies und das«, sagte Kim und fixierte Simone weiter. »Übrigens: herzlichen Glückwunsch!«

Simone guckte Kim erstaunt an. »Was meinst du? Ich habe doch gar nicht Geburtstag oder so was.«

»Na, dein Knöchel. Der scheint ja wieder in Ordnung zu sein, oder?«

Simones Gesichtsfarbe wechselte von bleich zu purpurrot. »Ach das ...« Sie lächelte verlegen und hüstelte. »Ich weiß auch nicht, wie Herr Hein das gemacht hat, aber der Knöchel tut fast gar nicht mehr weh.« Sie streckte das Bein nach oben und ließ den Fuß kreisen.

»Das ist wirklich schön für dich«, meinte Franzi. Ihre Stimme verriet allerdings, wie misstrauisch sie war. »Ein richtiges medizinisches Wunder.«

Simone zuckte mit den Schultern, knüllte den Stoff noch ein wenig enger zusammen und überreichte Kim den kleinen Blumenstrauß, den sie in der anderen Hand hatte. »Für euch! Da sind alle Kräuter und Blumen drin, deren Namen Matti uns bisher beigebracht hat. Weil ihr mir vorhin geholfen habt. Vielen Dank!«, sagte sie.

»Gern!« Kim nahm verdattert die Blumen entgegen. »Das war doch selbstverständlich.«

Für einen Moment sah Simone so arglos aus, dass Kim ihr Misstrauen wegen ihres Knöchels fast vergaß. Doch dann fiel ihr Blick erneut auf das weiße Stoffbündel unter Simones Arm. Für ein schönes Kleid war dieses Wochenende im Wald wirklich nicht der richtige Anlass. Und dann auch noch diese Kinderborte, die um den Saum des Stoffes genäht war. Lauter kleine Marienkäfer ... Ob Marienkäfer der neue Trend waren? Das musste sie nachher unbedingt Marie fragen.

Simone hob zum Abschied die Hand. »Bis später dann«, sagte sie, sichtlich erleichtert, die unangenehme Situation beenden zu können.

»Bis später«, antwortete Kim und sah ihr nach, wie sie im Wald verschwand.

»Was haltet ihr von dieser Wunderheilung?«, fragte Franzi. »Glaubt ihr ihre Geschichte?«

Marie zuckte unschlüssig mit den Schultern. »Keine Ahnung. Merkwürdig ist es auf jeden Fall.«

»Ich finde das mehr als merkwürdig«, sagte Kim. »Und damit meine ich nicht nur Simones Knöchel.«

»Jetzt lernen wir, wie man einen Notfall-Unterstand baut«, kündigte Matti an, nachdem sich alle Gruppenmitglieder für ihre nachmittägliche Aufgabe bei ihm eingefunden hatten. »Bitte sammelt im Wald große Äste, wenn möglich mit Laub daran. Das wird später unser Gerüst. Und darauf schichten wir dann alles, was der Wald so hergibt. Die Biber machen es übrigens ähnlich. Von vielen Tieren kann man sich beim Leben in der Natur etwas abschauen und ihre Tricks nachahmen. Wenn wir Glück haben, ist dieser Höhlen-Unterschlupf sogar winterfest. Wenn also jemand länger bleiben möchte ...« Er grinste Marie an.

Marie winkte ab. »Nein danke. Kein Bedarf!«

»Habe ich mir fast gedacht.« Matti grinste noch breiter. »Also, teilt euch in Gruppen auf und los geht es!«

Ria kam auf die drei !!! zu. Sie trug ein sonnengelbes Haarband, das sich von ihren schwarzen Haaren abhob, und hatte einen bunt bestickten Ledergürtel um die Hüften geschlungen. Kim fand, dass sie von ihnen allen am besten in die Wildnis passte. Sie bewegte sich so natürlich in der Natur, als würde sie jede freie Minute draußen verbringen.

Rias blaue Augen blitzten. »Darf ich mit euch gehen?«, fragte sie die drei !!!. »Die Jungs machen immer so blöde Witze und ich musste sie schon den ganzen Vormittag alleine ertragen. Die können mit der Zeit wirklich anstrengend sein!«

»Kein Problem«, sagte Marie und hakte Ria unter. »Dann hab ich ein wenig Verstärkung durch jemanden, der auch an Magie glaubt.«

Schon waren die beiden vorausgegangen, und Kim hörte nur noch, wie Ria Marie die neuesten Erkenntnisse in Sachen Liebestrank erklärte. Kim war froh, dass Marie sich mit Ria austauschen konnte. Und sie und Franzi auf dem Weg der Logik und der Vernunft hinterherdackeln konnten. Jetzt musste sie nur noch achtgeben, dass sie Knut und Jesper nicht aus den Augen verlor. Mattis Unterschlupf-Aufgabe war nahezu ideal, um wie zufällig das ein oder andere Wort mitzubekommen.
Doch wo waren die beiden überhaupt? Kim sah sich um. Gerade eben hatte sie Jespers rote Jacke noch zwischen den Bäumen gesehen. Und jetzt war er wie vom Erdboden verschluckt.
Sie lief ein Stück zurück – vergeblich. Mist, gerade jetzt!
»Ria!«, rief jemand in diesem Augenblick hinter ihnen. »Warte mal.«
Knut rannte aus dem Wald auf sie zu. Er war alleine.
»Wo ist denn der Rest deines Teams?«, fragte Kim ihn.
»Keine Ahnung, wo Jesper ist, ich bin ohne ihn unterwegs.« Knut knetete nervös die Hände. Dann wandte er sich an Ria und begann herumzudrucksen: »Äh … ich … kann ich … dich mal unter vier Augen sprechen?«
Ria sah ihn überrascht an. »Ich wollte eigentlich gerade mit Marie, Kim und Franzi los«, antwortete sie und spielte an den Perlen ihres Gürtels.
»Bitte!« Knut zog die Augenbrauen nach oben und lächelte schief. »Bitte, bitte. Es ist wichtig.«
Ria lachte. »Das scheint wirklich dringend zu sein. Ich komme mit. Mädels, würdet ihr mich kurz entschuldigen!«

»Sei vorsichtig«, entfuhr es Kim. Im gleichen Augenblick bereute sie ihren Ausruf. Was, wenn Knut Verdacht schöpfte, dass sie ihm und Jesper auf den Fersen waren?
»Bin ich«, sagte Ria ernst. »*Ich* glaube schließlich an die Waldfee – im Gegensatz zu dir.«

Herzklopfen

»Das gibt es doch nicht!«, schimpfte Marie, als Ria verschwunden war. »Nie kann ich mich in Ruhe mit ihr über Voodoo unterhalten. Immer wenn es spannend wird, werden wir getrennt.«

»Na, du hast Sorgen. Machst du dir nicht eher Gedanken darüber, dass Ria gerade von einem unserer Hauptverdächtigen regelrecht entführt wurde?« Franzi runzelte die Stirn. »Ich finde, wir sollten den beiden folgen. So begeistert, wie Ria gewirkt hat, kann es ja schließlich auch sein, dass sie mit den Jungs unter einer Decke steckt.«

»Das glaub ich nicht!«, meinte Marie empört.

»Wer weiß. Franzi kann schließlich das Gras wachsen hören, schon vergessen?«, sagte Kim.

Sie ließen Knut und Ria einen Vorsprung und unterhielten sich absichtlich laut über die verschiedenen Wiesenkräuter, an denen sie vorbeikamen, um keinen Verdacht zu erregen. Kim registrierte, dass die beiden sich am Rande des Waldes auf einem Stück Blumenwiese niedergelassen hatten, und atmete auf. So

konnten sie sich gut im Wald verstecken und mithören, was Knut Ria zu sagen hatte. Hätte Knut Ria mitten auf die Lichtung geführt, wäre ihr Unterfangen deutlich schwieriger geworden. Vor allem hätte es da auch keine Alibi-Äste gegeben, die sie hätten mitbringen können.
Franzi und Marie steuerten ebenso zielstrebig auf das Waldstück zu. Marie plauderte laut über die Vorzüge des Wiesenschachtelhalms und Franzi hob immer mal wieder einen kleinen Käfer vom Boden auf und betrachtete ihn intensiv.
»Hoffentlich waren wir nicht zu auffällig unauffällig«, wisperte Franzi, als sie außer Sichtweite von Knut und Ria waren. »Wiesenschachtelhalm und geflügelte Ameise ... Beides *Wahnsinnsthemen*! Auch eine Möglichkeit, eine Beschattung zu beginnen.«
Kim und Marie kicherten.
Langsam pirschten sie sich näher an Ria und Knut heran und versteckten sich hinter einer kleinen Tanne. Kim zog ihr Detektivtagebuch und ein kleines Taschenbüro in der Dose heraus und spitzte den Bleistift.
»Ist das dein Ernst? Sag du noch einmal was zu meiner geschmuggelten Nagelfeile!«, zischte Marie.
»Das ist doch was ganz anderes«, gab Kim zurück. »Schließlich bin ich hier, um einen Artikel zu schreiben. Da brauche ich so was. Aber du musst hier keinen Fingernagelschönheitswettbewerb gewinnen. Oder ist mir da was entgangen?«
»Schon gut, schon gut«, knurrte Marie. »Sei jetzt lieber still. Sonst gibt es nichts zu notieren.«

Sie hatten wirklich Glück. Der Wind trug das Gespräch von Ria und Knut direkt zu ihnen. Kim verstand jedes Wort genau und sie konnte die beiden sogar beobachten. Doch je mehr sie hörte und je mehr sie sah, desto klarer wurde ihr, dass sie den Stift mitsamt dem Minibüro wieder in ihre Tasche stecken konnte und stattdessen lieber eine Runde Taschentücher ausgeben sollte.

Gerade kniete sich Knut vor Ria hin und sagte: »Vom ersten Augenblick, an dem ich dich gesehen habe, hast du mein Herz berührt. Ich kenne dich noch gar nicht gut, aber deine Stimme klingt in mir weiter, wenn ich die Augen schließe, und dein Lachen stellt alles auf den Kopf. Und trotzdem habe ich das Gefühl, alles richtig herum zu sehen. Die Welt ist irgendwie verrückt und gleichzeitig ganz richtig, ich weiß auch nicht …« Er hielt inne und sah Ria in die Augen. Sie saß bewegungslos da.

»Ach ist das süß!«, fiepste Marie und wischte sich am Auge herum. »Das hat er sich erst ausgedacht und dann auswendig gelernt. Schön!«

»Bitte sag Ja«, fieberte auch Franzi mit.

Kim wartete ebenfalls atemlos, wie es nun weitergehen würde.

Knut griff in die Tasche seines Hoodies und holte eine Kette hervor. Allerdings war diese Kette nicht aus Gold, sondern aus vielen Gräsern, Blumen und Blättern geflochten. Knut musste Stunden daran gearbeitet haben. »Die hier habe ich für dich gemacht!«, sagte er und reichte sie Ria.

Ria nahm die Kette und legte sie sich um den Hals. »Sie ist wunderschön! Und danke für das, was du mir eben gesagt hast.

So etwas Tolles und Romantisches hat noch nie ein Junge zu mir gesagt.«

»Dann findest du das hier also nicht peinlich und blöd?«

»Nein, überhaupt nicht.« Ria beugte sich nach vorne und umarmte Knut. Lange und innig.

»Ich finde dich nämlich auch mehr als nur nett.«

Knut schloss die Augen und lächelte.

»Spinnt ihr?«, schrie plötzlich jemand. »Wie seid ihr denn drauf? Von Privatsphäre habt ihr wohl noch nie etwas gehört, oder?«

Jesper stand hinter ihnen und funkelte sie zornig an.

Die drei !!! zuckten zusammen.

»Wir wollten nur …«, »Es ist nicht so, wie …«, »Nein, du verstehst das total …«, sagten Kim, Franzi und Marie gleichzeitig.

»Schon klar«, raunzte Jesper sie weiter an. »Ihr seid ganz *zufällig* in die Nähe geraten und ganz *zufällig* musstet ihr weiter zuhören, obwohl ihr wusstet, dass Knut Ria alleine sprechen wollte. Also ich finde, das ist wirklich das Allerletzte. So was macht man doch nicht!«

Kim fand als Erste die Fassung wieder. Und Angriff war die beste Verteidigung. Sie stellte sich gerade vor Jesper auf und sagte selbstbewusst: »Moment mal. Ich muss was klarstellen. Du bist voll auf dem falschen Dampfer. Es stimmt, wir sind Knut und Ria ganz bewusst gefolgt. Aber nicht, weil wir neugierig waren, sondern weil wir in einem Fall ermitteln. Wir sind Detektivinnen und versuchen herauszubekommen, wer den Schmuck gestohlen hat und was es mit diesem merkwürdigen Feenfluch auf sich hat. Und wenn du uns nicht glaubst, dann frag Frau Hein. Die hat uns offiziell beauftragt, Nachforschungen anzustellen. Verstanden?«

Jesper musterte erst Kim, dann Franzi und dann Marie ungläubig. »Ich dachte, ihr schreibt einen Artikel über dieses Wochenende. Dann stimmt das gar nicht?«

»Äh … doch«, räumte Kim ein. »Das stimmt auch. Aber das war, bevor diese merkwürdigen Dinge passiert sind und die Diebstähle begannen. Seitdem sind wir in erster Linie als Detektivinnen unterwegs.«

»Verstehe«, sagte Jesper und nickte. »Aber warum verfolgt ihr Knut und Ria?«

»Weil wir vorhin ein Gespräch zwischen dir und Knut mitbekommen haben – zufällig!«, beteuerte Kim. »Und da habt ihr von einer Kette gesprochen. Und von einer Sache, die ihr klarmachen wolltet, oder so ähnlich. Und wir dachten, ihr plant weitere Diebstähle.«

Jesper lachte laut. »Knut, komm mal rüber!«, rief er seinem Freund zu. »Das ist echt *zu* witzig. Das musst du dir anhören. Wusstest du schon, dass wir den ganzen Tag von drei Detektivinnen verfolgt wurden, die dachten, wir hätten Frau Heins Schmuck geklaut?«

Knut kam mit Ria an der Hand zu ihnen. »Ich verstehe gar nicht, wovon du sprichst«, gab er zu. »Ist mir aber auch gerade ganz und gar egal.« Dabei strahlte er Ria wie ein verliebtes Honigkuchenpferd an.

Aber Ria schien die Info brennend zu interessieren. »Ihr seid

Detektivinnen?«, fragte sie neugierig. »Jetzt weiß ich endlich, warum ihr mir so bekannt vorkommt. Ich habe schon mal einen Artikel über euch gelesen. Ihr heißt doch so lustig, oder? Wie war das noch gleich? Punkt, Punkt, Komma, Strich ...?«
Kim lächelte. »Fast. Wir sind die drei Ausrufezeichen«, erklärte sie und blickte ihre beiden Freundinnen stolz an.
»Ach ja, genau das war es.« Ria nickte. »Dann seid ihr also gar nicht über das Wochenende hier, um einen Bericht zu schreiben, sondern allein wegen des Falls in Feienbach?«
Marie schüttelte den Kopf. »Nein, wir sind wirklich nur wegen Kims Artikel hier. Ein Fall ist es ja erst gestern Abend geworden. Oder vielmehr heute Morgen, als wir erfahren haben, dass den Feienbachern der Schmuck gestohlen wurde. Und jetzt ist es wie immer: Wir stecken mitten in den spannendsten Ermittlungen.«
»Und manchmal ist man eben auf dem Holzweg mit seinen Verdächtigungen«, sagte Franzi entschuldigend. »Es tut uns wirklich leid, dass wir Knuts Liebeserklärung aus Versehen belauscht haben.«
»Die übrigens wahnsinnig romantisch war«, fügte Marie hinzu.
Knut winkte ab. »Schon gut. Hätte ja wirklich sein können, dass wir etwas mit den Diebstählen zu tun haben.«
»Und ihr denkt, dass die Diebstähle und die Feenerscheinung zusammenhängen?«, fragte Jesper interessiert.
Kim nickte. »Ihr habt nicht zufällig etwas beobachtet oder gehört, was euch stutzig gemacht hat?«

»Nur etwas, was überhaupt nichts damit zu tun hat«, überlegte Jesper. »Ich war vor einigen Jahren schon einmal in Feienbach. Mit meiner Mutter. Zuerst wollte sie ihr veganes Restaurant hier eröffnen. Ihr wisst schon, nah an der Stadt, da wäre die Pacht etwas günstiger gewesen. Und damals haben wir auch mit Frau Bratenstein gesprochen. Sie war damals noch völlig normal und auch nicht so merkwürdig angezogen. Sogar eher ein wenig streng und altmodisch. Hat sicher nichts zu bedeuten. Vielleicht ist sie jetzt einfach ganz anders drauf als früher. Aber eventuell hilft euch das ja auf irgendeine Art und Weise weiter, *ihr* seid hier ja die Spürnasen.«
Kim notierte sich sicherheitshalber Jespers Aussage. Dass Frau Bratenstein vor ein paar Jahren anders ausgesehen und sich in keiner Weise auffällig verhalten hatte, hatte wahrscheinlich wirklich nichts zu sagen.
Doch Franzis Augen begannen zu leuchten. »Das ergibt Sinn. Habt ihr euch nicht gewundert, dass Frau Bratenstein in einem ganz gewöhnlichen Bungalow mit Hollywoodschaukel im Vorgarten wohnt? Also *ich* fand das gleich verdächtig. Es könnte ja sein, dass die alte Dame mit dem Hexengetue vorgibt, etwas zu sein, das sie in Wirklichkeit gar nicht ist.«
»Aber das ist viel zu riskant«, meinte Ria. »Die Menschen in Feienbach kennen Frau Bratenstein. Die würden sich schon sehr wundern und Fragen stellen, wenn sie plötzlich als wunderliche Kräuterhexe auftritt, die uns vor einem Feenfluch warnt.«
»Mir fällt noch etwas ein«, meinte Knut. »Marie, du hast Frau

Hein doch beim Kuchenessen nach dem Schmuck gefragt. Und als sie sich umgedreht hat, hab ich gehört, wie sie ›Mal sehen, wie lange ich den Schmuck noch trage‹ gemurmelt hat. Ganz leise. Ich glaube, das habe nur ich gehört.«

»Echt? Vielleicht wusste sie da schon, dass der Schmuck in Gefahr ist? Das hat sie vorhin allerdings nicht erwähnt.« Marie blies sich empört eine lose Haarsträhne aus dem Gesicht.

»Vielleicht aus gutem Grund«, sagte Kim. Am liebsten wollte sie die Runde auflösen. Es machte sie nervös, dass plötzlich so viele bei ihren Ermittlungen mitreden wollten. Schließlich waren Franzi, Marie und sie das Detektivteam! Sie brauchten keine Mitdetektive. Und schon gar keine, die bis vor zehn Minuten noch die Hauptverdächtigen gewesen waren. Oder war sie nur neidisch, dass Knuts und Jespers Hinweise gar nicht so schlecht waren? Warum auch immer. Sie mochte es nicht, dass Marie und Franzi so begeistert von den beiden waren. »Darüber können wir uns später immer noch Gedanken machen, aber jetzt sollten wir uns langsam auf den Rückweg machen. Sonst denkt Matti noch, wir haben unser Lager mitten im Wald gebaut«, sagte sie deshalb und stampfte los. Vielleicht gab es an der Feuerstelle oder in ihrer Schlafmulde eine Möglichkeit, in Ruhe mit Franzi und Marie zu sprechen. Denn eines war klar: Der Fall war komplizierter als gedacht!

Pätsch! Etwas Hartes schnalzte Kim an den Kopf. Ein greller Schmerz durchzuckte ihren Körper. Ah! Sie taumelte und presste instinktiv ihre Hand an die getroffene Stelle. Blut rann ihr über die Wangen und über die Nase. Kim hörte noch, wie

Marie und Ria aufschrien, und sie spürte, wie zwei Arme nach ihr griffen, damit sie nicht zu Boden sank. Dann wurde ihr schwarz vor Augen.

Selber Ort, selbe Zeit

Detektivtagebuch von Kim Jülich
Samstag, gegen 18:00 Uhr

Es ist ganz schön verzwickt. Ich weiß nicht, ob ich nach den heutigen Geschehnissen auch nur einen vernünftigen Gedanken zustande bringe, aber ich muss es wenigstens versuchen. Vielleicht hilft mir dabei der Verband um meinen Kopf. Rausfallen können die Gedanken also schon mal nicht ... haha. Den Verband habe ich, weil ich Opfer eines fiesen Baum-Angriffs geworden bin. Oder umgekehrt, wenn man so will. Der Baum ist Opfer meiner Eile geworden. Auf dem Rückweg zum Lagerfeuer bin ich volle Kanne gegen einen Ast gerannt. Und dieser Ast hat sich leider gewehrt und jetzt habe ich eine große Platzwunde am Kopf. Ich war sogar für ein paar Sekunden ohnmächtig. So ein Quadratmist. Das habe ich nun von meiner Schusseligkeit ...

Ria und Marie sind mehr denn je überzeugt davon, dass der Feenfluch schuld an dem Unfall ist. Wir sind zum zweiten Mal heute zu Mattis Haus gegangen und Herr Hein hat mir aus Verbandsmaterial einen weißen Turban auf den Kopf gebunden. Jetzt wummert mein Hirn und meine Gedanken fliegen im Kreis wie ein Schwarm Schwalben. Aber es wird schon besser. Gerade habe ich eine Notfallclubsitzung mit Franzi und Marie einberufen. Wir haben alles noch einmal genau durchgesprochen. Es sind komische Dinge passiert und ich will nun versuchen, sie zeitlich zu ordnen und zu notieren. Die ungeklärten Fragen schreibe ich auch gleich dahinter, sonst vergesse ich sie bei all der Aufregung um unseren Feen-Fall noch.

Also, hier die Erkenntnisse des gemeinsamen Brainstormings:

1. Frau Hein meint, dass sie ihren wertvollen Schmuck vielleicht bald nicht mehr tragen wird. WARUM? WOVOR HAT SIE ANGST? WEIß SIE MEHR, ALS SIE ZUGEBEN WILL?
2. Frau Bratenstein warnt uns vor einem Feenfluch und möchte nicht, dass wir auf der Lichtung schlafen, weil sie angeblich den Feen gehört. WARUM SOLLEN WIR NICHT AUF DIE LICHTUNG?
3. In der Nacht erscheint tatsächlich eine Fee (oder wohl eher jemand, der eine Fee spielt) und spricht den Fluch aus. WER IST DIE FEE UND WAS BEZWECKT SIE WIRKLICH?
4. Simone verschwindet, und als sie wieder auftaucht, hat sie sich am Knöchel verletzt. WO WAR SIE SO LANGE?
5. Wir begleiten Simone am nächsten Tag ins Dorf und erfahren, dass den Helfern, die gestern mit auf der Lichtung waren und Simone gesucht haben, der wertvolle Schmuck geklaut wurde. WIE HÄNGT DAS MIT DEM FLUCH ZUSAMMEN?
6. Wir suchen Frau Bratenstein auf, um weitere Informationen wegen des angeblichen Fluchs zu bekommen. Sie versucht, uns noch mehr Angst zu machen, und erzählt uns eine herzzerreißende Geschichte, die den Fluch erklären soll. GLAUBT SIE WIRKLICH DARAN? KÖNNTE UNS DIESE GESCHICHTE BEI DEN ERMITTLUNGEN HELFEN?
7. Frau Bratensteins Zuhause sieht überhaupt nicht so aus, wie sie sich gibt. Kein Hexenhäuschen mit Katze und getrockneten Kräutern, sondern ein ziemlich biederer Neubau. WAS SPIELT SIE FÜR EIN SPIEL?
8. Auf unserem Heimweg fällt Frau Hein beim Putzen aus dem Fenster, tut sich aber zum Glück nichts. WARUM LIEGEN AUSGERECHNET UNTER DEM FENSTER DIE LIEGESTUHLAUFLAGEN? ZUFALL?

9. (Und das fällt mir jetzt erst ein, das muss ich Franzi und Marie unbedingt noch sagen!!!) Matti ist viel zu cool. Er hat überhaupt keine Angst vor dem Spuk und will gar nicht herausfinden, warum die alte Dame sich Sorgen macht. Und er lässt sich erstaunlich schnell beruhigen, als wir ihm erzählen, dass seine Mutter einen Unfall hatte und bestohlen wurde. WARUM LÄSST IHN DIE SACHE SO KALT? HABEN WIR HIER EINEN NEUEN VERDÄCHTIGEN?
10. Simones Knöchel scheint in Rekordzeit geheilt zu sein. Sie springt sogar durch die Gegend! Und es ist ihr richtig unangenehm, als wir sie darauf ansprechen. Da stimmt etwas nicht. WARUM HAT SIE UNS ALLE BELOGEN? HAT SIE ETWAS ZU VERBERGEN?
11. Simone hat ein Bündel aus weißem Stoff dabei. WARUM? WAS WILL SIE AUF EINEM ABENTEUERWOCHENENDE DAMIT?

Franzi und Marie sind sich übrigens sicher, dass die Fee heute Abend wieder erscheint. Und sie finden, dass wir unbedingt dieses Ereignis abwarten sollen. Ich kann die Ungewissheit zwar nicht ertragen und noch viel weniger, dass ich nichts dagegen tun kann, aber sie haben recht. Wir müssen passiv bleiben und warten, bis der Täter oder die Täterin einen Fehler macht und sich verrät. Und früher oder später wird genau das passieren! Ich hoffe allerdings, eher früher!

Geheimes Tagebuch von Kim Jülich
Samstag, zwischen 18:00 und 19:00 Uhr

► Achtung! Wer das hier unbefugt liest, muss den Topf mit dem Ekel-Frühstücksbrei leer essen. Alleine. Oder er wird wahlweise so lange mit den dicksten Klumpen daraus beworfen, bis er gelobt, nie wieder in fremden Tagebüchern zu schnüffeln. Und schon gar nicht, wenn sie Kim Jülich gehören. ◄

Marie tut mir so leid. Die Arme schlottert schon bei dem Gedanken, dass heute Nacht wieder eine Fee vor ihr stehen wird und unheimliches Zeug sagt. Es ist einfach fies, wenn das Gefühl was anderes sagt als der gesunde Menschenverstand. Ich verstehe, dass sie die Angst nicht so einfach beiseiteschieben kann. Franzi und ich müssen ihr helfen, so gut es geht. Schließlich sind wir ein Team. Und allerbeste Freundinnen.

Aber es gibt auch etwas Schönes zu berichten: Es ist etwas wirklich Niedliches passiert. Wir haben ein Liebespaar hier in der Gruppe!!! ☺ Nein – nicht Marie und Matti. (Ich weiß gar nicht, ob Marie den überhaupt noch so gut findet. Er benimmt sich nämlich wenig einfühlsam. Außerdem sind sie und Holger im Moment sehr glücklich miteinander.) Sondern: Tata! Es sind Knut und Ria. Wer hätte das gedacht? Auf den ersten Blick würde man die beiden gar nicht zusammentun, aber wenn man genauer hinsieht: ein echtes Traumpaar! Beide sind total naturverbunden und supernett. Knut hat Ria eine megaromantische Liebeserklärung gemacht und ihr eine selbst geflochtene Kette geschenkt, die sie noch hübscher macht. Sofern das überhaupt möglich ist. Franzi, Marie und ich haben die beiden im Zuge unserer Ermittlungen belauscht (war aber Fehlalarm) und wir mussten vor Rührung fast weinen. Na ja, Franzi und ich fast, Marie richtig.

Vor lauter Aufregung habe ich noch gar nicht weiter über den Zeitungsartikel nachgedacht. Ich muss mir unbedingt aufschreiben, was Matti uns beibringt, sonst hab ich das alles wieder vergessen, bis ich zu Hause vor dem Computer sitze. Und ich will Sebastian ja nicht enttäuschen. Auch wenn unser Fall gerade viel spannender ist, als Gräser zu sammeln und daraus Suppe zu kochen ...

Keiner hatte sich schlafen gelegt. Alle – bis auf Matti, der kurz zu Hause nach dem Rechten hatte sehen wollen – saßen ums Lagerfeuer, dessen Flammen hoch in die Luft züngelten. Kim war stolz. Sie hatte zusammen mit Marie und Franzi das Holz geschichtet und mithilfe eines Feuersteins und ein wenig tro-

ckenen Heus das Feuer entfacht. Es war einfacher gewesen, als sie gedacht hatte, und es hatte riesigen Spaß gemacht. So viel, dass sie die Schmerzen im Kopf total vergessen hatte. Die Nacht war außerdem milder als die gestrige und Kim war beinahe froh über die kühle Luft an ihrem Rücken.
Franzi reichte ihr einen Halm, auf den sie Walderdbeeren gespießt hatte. Kim nahm den Halm in den Mund und zog eine Erdbeere nach der anderen herunter. Süß und lecker!
In diesem Moment stimmte Knut einen Kanon an, den Kim kannte. Erst wollte sie nicht mitsingen, aber als nach und nach alle in den Gesang mit einfielen, traute sie sich auch. Es war hübsch, wie die Melodie mal zusammen und mal gegeneinander klang, und Kim bewunderte Rias klare, helle Stimme, die super zu Knuts tiefer passte. Ein Traumpaar eben!
Trotzdem spürte Kim die Anspannung, die sich in den vergangenen Abendstunden wie ein feines Spinnennetz über alle Teilnehmer gelegt hatte. Sie trugen keine Uhren, aber der Zeitpunkt, zu dem die Fee wiederkommen wollte, rückte spürbar näher und näher. Kim betrachtete einen nach dem anderen. Knut und Ria wirkten recht entspannt. Kein Wunder, die waren so verliebt, dass sie alles andere um sich herum vergessen hatten. Jesper jedoch stocherte nervös mit einem Stock im Feuer herum und Marie hatte sich dicht an Franzi gedrängt und den roten Schlafsack wie eine schützende Decke um ihre Schultern gelegt.
Simone konnte nicht ruhig sitzen. Immer wieder stand sie auf und blickte sich suchend um. Plötzlich brach es aus ihr heraus:

»Ich finde es unmöglich, dass uns Matti in so einer Situation alleine auf der Lichtung lässt. Er ist schließlich das ganze Wochenende für uns verantwortlich.«
»Bleib mal cool«, meinte Jesper. Er ging zu Simone und drückte sie mit sanfter Gewalt wieder auf den Baumstamm, der als Bankersatz diente. »Der wollte doch nur kurz nach seiner Mutter schauen. Ist ja auch verständlich. Schließlich ist die heute aus dem Fenster gefallen.«
Aber Simone sprang sofort wieder aufgeregt auf. »Und das muss er ausgerechnet jetzt tun? Dazu hätte er den ganzen Nachmittag Zeit gehabt. Diese blöde Fee kann jede Minute aufkreuzen und er ist nicht da? Ich finde das einfach unerträglich!«, schrie sie aufgebracht. Sie raffte ihren Rucksack, der neben ihr stand, hoch. »Ich gehe ihn jetzt holen!«
»Hey, bleib hier!«, rief Kim. Sie sprang auf und rannte Simone in den Wald nach.
Doch die Dunkelheit hatte Simone schnell verschluckt. Kim überlegte, was sie tun sollte. Simone trotzdem hinterherlaufen? Oder zurück zum Lagerfeuer? In diesem Moment begann die Luft dumpf zu vibrieren und Kims Entscheidung war gefallen: Das Lagerfeuer war sicherer.
»Da ist es wieder!« Marie presste die Hände an die Ohren. In ihren Augen flackerte Panik auf. »Ich halt das nicht aus«, rief sie mit zittriger Stimme.
Kim musste Marie recht geben. Dieses dröhnende Wummern war unangenehm. Als würde der ganze Körper beben. Dazu kam dieser hohe schrille Ton, der kaum hörbar war, aber gerade

dadurch jeden klaren Gedanken schier unmöglich machte. Aber genau das durfte ihnen in diesem Moment einfach nicht passieren! Sie mussten jetzt messerscharf denken und kombinieren. Kim versuchte, sich statt ihres weißen Turbans eine Taucherglocke um ihren Kopf vorzustellen, die die Geräusche dämpfte. Das funktionierte. Zumindest so gut, dass sie nicht durchdrehte.

»Wir sollten zusammenbleiben«, schwor sie Marie und Franzi nachdrücklich ein. »Ich denke, bald wird der Nebel aufziehen! Zumindest, wenn die Fee den gleichen Auftritt hinlegen will wie gestern.«

Kaum hatte Kim den Satz beendet, zogen tatsächlich dicke Nebelschwaden aus dem Wald auf und krochen langsam über die Lichtung zum Lagerfeuer hin. Wieder blendete sie ein weißes Licht. Es flackerte und drehte sich.

Wie in der Disco, schoss es Kim durch den Kopf. Allerdings eine Disco mit richtig schlechter Musik. Sie spürte, dass Marie ihre Hand griff und fest drückte. Der Umriss einer Frau wurde im Nebel sichtbar. Er leuchtete in einem unnatürlich grellen Weiß und schien vor ihren Augen immer größer und größer zu werden. War das eine Sinnestäuschung oder kam die Frau näher? Hin und wieder blinkten um die Gestalt herum grüne, gelbe und rote Punkte auf und verschwanden wieder. Beeindruckend. Schrecklich und beeindruckend.

»Wir müssen näher ran«, sagte Kim. »Vielleicht finden wir die Lichtmaschine oder das Ding, das diese grauenhaften Geräusche macht.«

»Ich kann mich nicht bewegen«, flüsterte Marie. »Bitte bleib hier.«
Die Frauengestalt neigte sich nun langsam von links nach rechts. Wie eine geisterhafte Tänzerin schien sie über der Wiese zu schweben.
Kim sah sich um und bemerkte, dass mittlerweile einige Bewohner des Dorfes zu ihnen gestoßen waren und auf die Erscheinung starrten. Unter ihnen erkannte Kim die Heins, die in eine Art Schockstarre verfallen zu sein schienen und ihre Blicke nicht mehr von der Feengestalt abwenden konnten. Offensichtlich hatten sie erwartet, dass sie sich über einen vermeintlichen Spuk lustig machen konnten, und waren dementsprechend ausgestattet. Einer der Männer hatte eine knallgrüne Wasserspritzpistole um den Hals gehängt, eine der Frauen hatte sich sogar als Fee verkleidet. Doch jetzt hatte die unheimliche Stimmung auch die Dorfbewohner fest im Griff und sie starrten fassungslos auf die Nebelschwaden und die leuchtende Gestalt.
»Die können es nicht fassen, dass es die Fee wirklich gibt«, flüsterte Marie, die die anderen auch entdeckt hatte.
»Es gibt sie nicht!«, versuchte Franzi es noch einmal. »Und du kommst jetzt mit, damit wir das allen beweisen können.«
Kim rechnete fest damit, dass Marie sich weigern würde. Doch zu Kims Überraschung bat sie nur: »Aber nicht wieder über den Boden kriechen. Noch so eine Aktion überleben meine Nägel nämlich sicher nicht.« Marie blickte auf ihre Hände und erschrak. »Seht ihr, was ich sehe?«, fragte sie entsetzt.

Marienkäfer-Verrat

Ja, Kim sah es auch: Maries Nägel leuchteten gelb und grün wie kleine Neonreklamen.
Das konnte nur eines bedeuten: »Schwarzlicht«, meinte Kim fachmännisch. »Die Täter verwenden Schwarzlicht. Hätten wir eigentlich gleich drauf kommen können. Wenn man damit etwas Weißes anstrahlt, beginnt es zu leuchten. Und spezielle Schwarzlicht-Farben gibt es auch. Daher dieser überirdisch aussehende Lichtschein. Gute Idee übrigens. Sehr effektvoll.«
»Das ist es. So muss es sein!« Franzi klang ebenso überzeugt wie Kim. »Sehr gut kombiniert, Kim. Damit wäre eines der Feenrätsel gelöst. Ich bin gespannt, was wir noch herausfinden werden.«

Die drei !!! entfernten sich unbemerkt von den anderen, die sich seit dem Erscheinen der Fee nicht vom Fleck gerührt hatten, und schlichen sich näher an das Geschehen heran. Die Gestalt hatte mittlerweile ihre Arme erhoben und die Geräusche waren noch lauter geworden. Obwohl es in der Menge

der Lichtblitze wahrscheinlich nicht aufgefallen wäre, verbarg Marie ihre Hände, die wie kleine Glühwürmchen leuchteten, in den Hosentaschen.
Als sie die Gestalt fast erreicht hatten, hörten die Geräusche abrupt auf. Kim atmete erleichtert auf. Doch die Stille währte nur einen Augenblick. Denn jetzt begann die Fee zu sprechen: »Hört mir zu!«, forderte sie mit tiefer Stimme. »Ich bin gekommen, um zu holen, was uns gehört!«
Niemand rührte sich. Niemand sagte ein Wort.
»Wisset, der Fluch lastet schwer und immer schwerer auf euch, bis jede Unze Gold, jedes Gramm Silber und auch der kleinste Edelstein wieder bei den rechtmäßigen Besitzern ist! Wenn das nicht freiwillig geschieht, wird es böse für euch enden. Krankheit und Streit werden euch zermürben. Unglück und Traurigkeit werden euch befallen.« Die Fee trat einen Schritt nach vorne. Nun stand sie etwa zwei Meter von den drei !!! entfernt. Erneut türmte sich dicker Nebel auf und nahm Kim für kurze Zeit die Sicht. Selbst das leuchtend weiße Gewand der Fee verschwand in der Nebelschwade. Kim tastete nach Franzi und Marie. Die beiden hatten sich geduckt und bewegten sich nicht. Sehr gut. So waren sie geschützt und konnten nicht verloren gehen. Wie aus dem Nichts wehte eine Windböe über ihre Köpfe und trug die dicksten Nebelschwaden mit sich. Das Gewand der Fee bauschte sich auf und der Saum wehte nach oben. Als sie wieder klarere Sicht hatte, stutzte Kim. Moment mal! Unten am Kleid waren winzige rote Punkte. Eine Borte? Sie sah genauer hin. Konnten das kleine Marienkäfer sein? Und

plötzlich fiel es ihr siedend heiß ein, wo sie diese Borte heute gesehen hatte.
»Ich weiß, wer unsere Fee ist«, wisperte Kim Franzi und Marie fassungslos zu. »Ich erkenne das Kleid wieder!«
»Ich auch«, sagte Marie. »Das hätte ich ihr niemals zugetraut!«
Kim trat aus der Dunkelheit ins Licht, das die Fee umgab.
»Zurück«, rief die Fee, als sie Kim sah, die sich selbstbewusst vor sie stellte. Allerdings klang ihre Stimme dabei nicht mehr besonders furchteinflößend, sondern eher ängstlich und scheppernd. »Oder dich ereilt ein … ein … extra schlimmer Fluch.« Drohend ging sie auf Kim zu.
»Dieses Risiko gehe ich gerne ein … Simone!« Kim duckte sich, bekam einen Zipfel des Feen-Gewandes zu fassen und zog daran. Das Kleid rutschte von Simones Schultern und blieb als leuchtendes Bündel unten am Boden liegen. Nun waren im Schwarzlicht nur noch Simones Augen und Zähne zu sehen.
»Ahhhh!«, schrie Simone schrill über die Lichtung. Sie bückte sich hastig, nahm das Kleid und wickelte es fest um ihren Körper, als wollte sie dadurch das Geschehene ungeschehen machen und wieder zur Fee werden, und sagte: »Das wirst du bereuen. Du hast die Feen gestört, der Fluch wird auch über dich kommen, mein Kind.«
»Gib auf. Dein Spiel ist aus«, sagte Kim ernst. »Du bist enttarnt.«
Simones Gesichtszüge gefroren und sie gab die Feen-Maskerade endgültig auf. »Du blöde Schnüfflerin. Ich habe Matti gleich

gesagt, dass es keine gute Idee ist, eine neugierige Schreibtussi zum Workshop mitzunehmen.«

»Matti?«, fragte Kim ein wenig verwirrt. »Was hat der denn damit zu tun?«

Mittlerweile waren Franzi, Marie, die Dorfbewohner und die anderen Workshop-Teilnehmer herangekommen und hatten einen Halbkreis um die vermeintliche Fee gebildet.

»So ein billiger Betrug!«

»Das ist eine Unverschämtheit!«

»Gib sofort den Schmuck zurück, den du uns gestohlen hast!«

»Was bildest du dir ein, hier so ein Theater aufzuführen?«

Alle schrien wild durcheinander.

Herr Hein trat mit hochrotem Kopf und erhobenen Fäusten auf Simone zu. »Jetzt verstehe ich das so langsam: Du schleichst dich hier ein, tust so, als sei dein Bein verletzt, und klaust den Schmuck meiner Frau. Natürlich habe ich gemerkt, dass dein Knöchel nicht schlimm verletzt war. Aber dass du mich so an der Nase herumgeführt hast, ist eine Unverschämtheit. Und wenn ich dich gerade richtig verstanden habe, willst du auch noch meinen Sohn mit in die Geschichte hineinziehen.« Er packte Simone an den Schultern und schüttelte sie. »Das ist dermaßen dreist … ich … ich … weiß gar nicht, was ich dazu sagen soll.«

Nun kam Leben in Simone. Sie packte Herrn Heins Arme und in Sekundenschnelle gelang es ihr, sie abzuschütteln. »Lassen Sie mich sofort los!«, rief sie. »Das Ganze ist nicht *mein* Plan. Matti ist der Drahtzieher! Matti und …« Simone hielt kurz

inne und alle hielten regungslos den Atem an. »... Frau Bratenstein!«
Ein ungläubiges Zischen ging durch die Menge.
In Kims Kopf fügten sich die einzelnen Puzzleteile zu einem großen Ganzen zusammen. *Klick! Klick! Klick!* Matti, der so ungewöhnlich entspannt war, als Frau Bratenstein sie gewarnt hatte. Frau Bratenstein mit ihren merkwürdigen Feenbeschwörungen, die überhaupt nicht zu der Frau Bratenstein passten, die Jesper früher gekannt hatte. Simone, die, als sie verschwunden gewesen war, die Gelegenheit gehabt hatte, den Schmuck zu stehlen. Und die sich den Knöchel ganz offensichtlich nicht wirklich verletzt hatte. Es ergab Sinn. Ja, so konnte, so musste es gewesen sein!
Sie blickte zu Franzi und Marie. Ihre beiden Freundinnen hatten offensichtlich ähnliche Schlussfolgerungen gezogen. Franzi sah Simone mit verschränkten Armen zornig an; in Maries Gesicht spiegelte sich zu der Wut auch noch eine große Portion Erleichterung wider.
»Was bedeutet das jetzt?«, fragte ein Mann um die fünfzig mit braunem Hut und Lederhose ein wenig ratlos. Wie die anderen Dorfbewohner hatte er das Schauspiel bislang verfolgt, ohne auch nur ein Wort herauszubringen. »Ihr habt uns mit diesem Feen-Theater auf die Lichtung gelockt und Matti und die alte Bratenstein klauen gerade ganz entspannt den restlichen Schmuck? Und behaupten dann hinterher, dass die Feen das waren und wir nach dem Schmuck gar nicht suchen können, geschweige denn die Diebstähle anzeigen?«

»Du glaubst also auch, dass Matti das war, Lars?«, fragte Frau Hein den Lederhosen-Mann und begann zu schluchzen. Sie kramte ein Taschentuch aus der engen Jeans hervor und schnäuzte sich. »Aber alles wirkte so echt. Als würde der alte Fluch tatsächlich Wirklichkeit werden. Die vielen Unfälle …« Tränen rannen ihr die Wangen hinunter. »Und das soll Matti gewesen sein? Unser Matti?«

Herr Hein legte den Arm um sie und drückte sie an sich. »Ob Matti das war, wird sich noch herausstellen. Vielleicht lügt dieses Mädchen, um sich aus der Affäre zu ziehen.«

Simone hob abwehrend die Hände. »Jetzt, wo wir alle aufgeflogen sind, hat es keinen Zweck mehr, irgendwas zu leugnen. Es tut mir sehr leid, aber es stimmt, Herr Hein: Matti und Frau Bratenstein haben mich in die Sache hineingezogen. Ich sollte die Fee spielen und alle einschüchtern. Sie haben mir einen Teil des Erlöses versprochen, sobald sie den Schmuck verkauft hätten. Ich bin nicht aus Feienbach. Ich kannte diese alte Sage doch überhaupt nicht. Es war Mattis und Frau Bratensteins Idee, die Sage um den alten Fluch aufleben zu lassen und so viel Angst zu verbreiten, dass die Bestohlenen es zumindest nicht der Polizei melden«, erklärte sie. Man sah ihr an, wie unangenehm ihr die Situation war, und konnte fast meinen, Bedauern in ihrer leisen Stimme zu hören.

»Ich gebe es ungern zu, aber es klingt logisch, was das Mädchen sagt«, meinte Lars und klopfte Herrn Hein auf die Schulter. »Frieder, ich weiß, das ist nicht leicht für dich, aber wir müssen uns deinen Sohn und Frau Bratenstein vorknöpfen. So mit uns

und dieser alten Sage zu spielen – das ist eine Unverschämtheit!«
»Und dieses Mädchen? Das willst du doch hoffentlich auch zur Rechenschaft ziehen?« Herr Hein biss die Zähne zusammen.
Simone begann zu weinen. »Ich fühle mich schrecklich«, sagte sie. »Das Ganze erschien mir eher wie ein Streich. Aufregend und geheimnisvoll. Es hat mir sogar ein bisschen Spaß gemacht, die Fee zu spielen. Alle hatten Angst vor mir und sonst bin ich ja ziemlich schüchtern. Eine andere, selbstbewusste Rolle einzunehmen, das war neu für mich.« Sie lächelte zögerlich. »Jetzt sehe ich klarer, wirklich. Es war eben kein Theaterstück, sondern ein knallharter Diebstahl.«
Kim hatte ein komisches Gefühl im Magen. Sie glaubte Simone, wie sie so bedröppelt wie ein frisch geschlüpftes Küken mit hängenden Flügeln dastand, dass sie nicht die Drahtzieherin dieser Geschichte war. Es passte tatsächlich überhaupt nicht zu der Simone, die sie am Freitagnachmittag kennengelernt hatten. Kim sah Franzi und Marie an und dann in die Gesichter der Leute, die sich um Simone versammelt hatten. Sie konnte eine Mischung aus Verwunderung und Verärgerung darin erkennen. Niemand äußerte sich, nur ab und zu murmelte jemand etwas, das Kim nicht verstehen konnte.
Plötzlich kam Kim eine Idee: Wenn Simone es wirklich bereute, was sie getan hatte, dann konnte sie ihnen vielleicht helfen, die Verantwortlichen zu überführen?
Kim ruckelte den Kopfverband, der ein wenig verrutscht war,

zurecht. Sie ging eilig auf Simone zu, die immer noch Tränen in den Augen hatte und am ganzen Körper zitterte. »Simone, würdest du noch einmal die Fee spielen? Ein letztes Mal? Diesmal für einen guten Zweck?«

Der Gegenfluch

Es war gar nicht leicht gewesen, die Dorfbewohner davon zu überzeugen, dass sie nicht einfach loszogen, um Matti und Frau Bratenstein zur Rede zu stellen. Besonders der Mann in der braunen Lederhose, Lars Botner, war schwer zu knacken gewesen. Kim hatte ihre ganze Überzeugungskraft, Marie ihren unwiderstehlichen Charme und Franzi ihren eisernen Willen einsetzen müssen. Doch Kims Plan war einfach, umwerfend und genial, das hatten schließlich alle zugeben müssen. Und sie hatten den Detektivinnen letztendlich sogar versprochen, so gut es ging zu helfen. Simone hatte sich ebenfalls auf ihre Seite geschlagen und ihnen alles im Detail berichtet, was sie über Mattis und Frau Bratensteins Pläne wusste.

Gemeinsam trugen sie die Nebelmaschine, den Schwarzlichtprojektor und die winzige Mikrofonanlage ins Dorf.

»Ich bin wirklich froh, dass sich der Spuk als Fälschung herausgestellt hat«, sagte Marie, als sie über die Wiese stapfte und ihre Kapuze an den Kordeln enger zog. »Ich glaube zwar immer noch, dass es grundsätzlich mehr gibt, als wir sehen, rie-

chen und fühlen können, aber solche bösen Feen, die sollen im Märchen bleiben.«
»Die Täuschung war super gemacht. Frau Bratenstein oder Matti kennen sich anscheinend mit Theatertechnik gut aus«, antwortete Franzi und konnte dabei nur schlecht verbergen, dass sie ziemlich beeindruckt war. »Wenn ich es nicht besser gewusst hätte, na ja, also ein paar Mal ist mir auch echt die Muffe gegangen.«
»Ich muss sagen, in Sachen Schauspielerei können dir Simone und Frau Bratenstein locker Konkurrenz machen, Marie!« Kim grinste.
»Da bist du aber schief gewickelt. Gleich wirst du nämlich sehen, *wie* gut ich bin«, gab Marie zurück. »In meiner Rolle als perfekte Diebin! Und das, ohne auch nur ein Fünkchen Angst zu haben, unser Plan ist schließlich perfekt!«

Die drei !!! und Simone gingen auf der Dorfstraße am Haus der Heins vorbei. Die anderen hatten an unterschiedlichen Orten Stellung bezogen, genau so, wie sie es vorher besprochen hatten. Jesper neben der Kirche. Knut und Ria bei der Bank am Dorfplatz, Herr und Frau Hein in der Nähe von Frau Bratensteins Bungalow.
»Ich bin total gespannt, ob alles so klappt, wie wir uns es vorstellen.« Franzi rieb sich die Hände. »Das wird ein Spaß!«
Simone legte sich das weiße Kleid um und steckte das Mikrofon am Kragen ihrer Jacke fest. »Ich hoffe, ihr seid nicht zu sauer auf mich!«, sprudelte es plötzlich aus ihr heraus. »Das

schnelle Geld war zu verlockend. Aber ich wollte es nicht für mich, ehrlich. Unser Hund braucht dringend eine Operation. Die ist richtig teuer und meine Mutter ist letztes Jahr arbeitslos geworden. Ich wollte einfach nicht, dass er eingeschläfert werden muss …«
»Leise, sonst hört uns noch jemand. Das kannst du uns doch auch später …«, begann Kim.
Aber Franzi hatte nur das Stichwort »Hund« gehört und war nicht mehr zu stoppen. »Ach je, das ist ja furchtbar«, sagte sie. »Ich kann mir genau vorstellen, wie du dich fühlst. Und warum du das getan hast. Ich glaube aber, ich kann dir und deinem Hund helfen! Auch ohne das Geld, das du mit dieser gruseligen Feen-Aktion bekommen wolltest. Mein Vater ist Tierarzt. Ich spreche mit ihm und dann werden wir einen Weg finden. Versprochen.«
Simones Augen leuchteten. »Echt? Also, das wäre ja … das finde ich aber … Danke!« Sie fiel Franzi stürmisch um den Hals. Mit entschlossenem Gesichtsausdruck stieg sie die Stufen zum Brunnen hinauf, raffte das Kleid bis über die Knie und machte einen großen Schritt über den Wassergraben. Dann stellte sie sich neben die steinerne Engel-Fee auf die Plattform.
Kim brachte die Nebelmaschine und den Schwarzlicht-Projektor in Stellung. »Es kann losgehen«, flüsterte sie. »Wir präsentieren: Feenfluch, die Dritte!«
Sofort begann die Maschine dicken weißen Rauch auszuspucken, der blitzschnell den Dorfplatz füllte. Wie in einem Gruselfilm, dachte Kim zufrieden. Schade, dass sie nicht auch noch

ein paar Vampire und Untote zu bieten hatten, das hätte die Sache perfekt gemacht.
Im Bungalow von Frau Bratenstein war alles still. Hoffentlich hatte Simone recht und die beiden versteckten dort gerade ihre Beute, die sie gemacht hatten, als alle anderen Dorfbewohner noch vor einigen Minuten auf der Lichtung beim Feenspuk gewesen waren. Sie konzentrierte sich und kniff die Augen zusammen, um zu erkennen, ob sich etwas regte. Nichts. Nur Geduld, ermahnte sie sich. Plötzlich sah Kim den Lichtkegel einer Taschenlampe im Inneren des Hauses tanzen. Na also. Es war ja klar, dass die beiden sich möglichst unauffällig verhielten.
Franzi hatte das Licht auch gesehen. Sie nickte Kim zu und schaltete das Schwarzlicht ein. Dann gab sie Simone ein Zeichen. Simone fing an, mit ihrer tiefen, unheilvollen Feenstimme zu sprechen:

»Der Fluch, der Fluch kehrt sich nun um.
Er ward benutzt, missbraucht und drum
seid ihr es nun, die ihn zu fürchten habt,
da das Verbrechen an euren Gewissen nagt.
Gebt zurück, was ihr so schändlich nahmt,
bevor meine Geduld erlahmt.«

Kim schmunzelte. Nun gut, das Gedicht war nicht unbedingt eine Meisterleistung, aber auf die Schnelle war es das Beste gewesen, was sie hatten zusammenreimen können. Und es verfehlte seine Wirkung nicht. Wenige Sekunden später traten

Matti und Frau Bratenstein vor das Haus. Sie starrten verwirrt auf die weiß leuchtende Feengestalt auf dem Brunnen. Kim sah ihnen an, dass sie überhaupt nichts mehr verstanden. Marie nutzte genau diesen Moment der Verwirrung und schlich geschmeidig und lautlos wie eine Katze an den beiden vorbei ins Haus von Frau Bratenstein. Kim war sich absolut sicher, dass weder Matti noch Frau Bratenstein sie bemerken würde. »Viel Glück«, flüsterte Kim ihr zu, doch Marie war schon außer Hörweite.

»Simone?«, rief Frau Bratenstein in diesem Augenblick. »Bist du das?«

»Und *wenn* du das bist«, fügte Matti hinzu. »Was machst du hier? Bist du komplett verrückt geworden? Du solltest gerade auf der Lichtung stehen …«

»Kommt näher«, fuhr Simone mit verzerrter Stimme fort.

Kim fröstelte und strich sich über die Arme, auf denen sich alle Härchen aufgestellt hatten. Obwohl sie wusste, wer da oben auf dem Brunnen stand, zog sie die unheimliche Stimmung in den Bann.

Das schien Matti und Frau Bratenstein ebenso zu gehen, denn sie folgten den Anweisungen der Fee wie ferngesteuert.

»Euer Spiel ist aus, der Fluch kehrt sich nun gegen euch!« Simone funkelte sie mit im Schwarzlicht leuchtenden Augen an.

»Lass den Blödsinn, das ist nicht lustig«, sagte Matti. Er klang verunsichert, sah sich um und versuchte, Simone gut zuzureden. »Du weißt wohl am besten, dass es keinen Fluch gibt. Also

komm lieber runter und sieh dir an, was wir heute an Beute gemacht haben.« Er hielt ihr die Hand hin, damit sie leichter vom Brunnen klettern konnte. Doch Simone rührte sich nicht.
»Matti! Spinnst du?«, rief Frau Bratenstein und boxte ihn in den Oberarm. »Simone ist nicht mehr unsere Verbündete. Weshalb sonst sollte sie hier als Fee stehen? Sie hätte doch niemals alles alleine hierherschleppen können. Das ist eine Falle. Wir holen jetzt die Beute und dann verschwinden wir schleunigst von hier.«
Durch Matti ging ein Ruck. »Du hast recht. Ich hole den Schmuck und du lässt schon mal das Auto an!«
Gleichzeitig rannten sie los.
Doch sie kamen nicht weit. Etwas zischte wie eine Schlange durch die Luft. Und brachte Matti und Frau Bratenstein abrupt zum Stehen. Matti knallte der Länge nach auf die Straße. Frau Bratenstein drehte sich einmal um sich selbst und fiel dann unsanft auf den Po.
»Aua!«, schrie sie wütend. »Das ist Körperverletzung!«
»Tut mir leid, mein Sohn«, sagte Herrn Hein bestimmt. »Aber das kann ich euch leider nicht durchgehen lassen.«
»Zum Glück haben wir vor Kurzem bei dir gelernt, wie man mit einem Lasso umgeht, Matti«, sagte Lars Botner, der nun auch aus seinem Versteck hervorkam. »Tja, da hast du dir wohl selber eine Grube gegraben, Junge.«

Verfolgungsjagd

»Papa!« Matti klang ziemlich kläglich. Er wand sich hin und her und versuchte, das Seil loszuwerden, das ihn bewegungsunfähig machte. »Glaub mir. Es ist alles ganz anders.« Herr Hein kniete sich neben Matti, aber nicht, um die Lassoschlaufe, mit der er seinen Sohn zu Fall gebracht hatte, zu lösen, sondern um sie noch ein wenig fester zu ziehen.

»Ja, das dachte ich auch erst. Aber nach dem, was ich gerade gehört habe, kommst du aus der Nummer wohl nicht mehr heraus«, sagte Herr Hein enttäuscht.

»Aber lass mich doch erklär...«, setzte Matti wieder an, doch er wurde von Franzis Schrei unterbrochen: »Schnell, Frau Bratenstein flieht! Hinterher!«

Tatsächlich. Irgendwie hatte es die alte Dame geschafft, sich klammheimlich aus der zugezogenen Schlinge zu befreien. Sie waren alle so auf Matti konzentriert gewesen, dass sie es nicht bemerkt hatten.

Kim sprang auf und lief Franzi hinterher, die wiederum Frau Bratenstein nachsetzte. Die war für ihr Alter schneller als vermutet und hatte schon einen ganz gehörigen Vorsprung. *Klick!* Frau Bratenstein drückte auf den Funkknopf des Autoschlüssels, die Lichter blinkten und sie riss schwungvoll die Tür auf. Mit einem Satz war sie hinter dem Steuer, verriegelte das Auto und startete den Motor.

Franzi hämmerte mit den Fäusten gegen die Scheibe, doch es war zu spät. Mit quietschenden Reifen raste Frau Bratenstein los und hätte beinahe die schwarze Katze überfahren, die gerade gemütlich über die Straße lief.

»Mist, Mist, Mist«, presste Kim keuchend hervor. »Die erwischen wir nicht mehr.«

»Dafür habe ich die Beute sicherstellen können«, sagte Marie, die gerade mit einem kleinen Beutel in der Hand aus dem Haus trat. »Und früher oder später wird sie sowieso geschnappt.«

»Ganz sicher früher«, knurrte Lars Botner. »Los, steigt ein. Mein Wagen ist gleich da drüben. Die erwischen wir.«

»Ich komme mit!«, rief Frau Hein. Dann wandte sie sich an ihren Mann. »Und du passt bitte auf, dass sich unser Sohn nicht von der Stelle rührt. Mit dem haben wir später noch ein Wörtchen zu reden.«

Sie sprangen zu Lars Botner ins Auto und preschten mit Höchstgeschwindigkeit hinter Frau Bratenstein her. Die schwarze Katze sah ihnen dabei vom Straßenrand aus zu.

Kim hielt sich an Franzi fest, Franzi an Marie und Marie krallte sich an die Autotür.

Das Auto beschleunigte auf geraden Stücken und bremste vor Kurven rasant ab.

Kim wurde bei dieser wilden Verfolgungsjagd ganz schwummrig.
»Lars, ich wusste gar nicht, dass solche Rennfahrerqualitäten in dir stecken«, meinte Frau Hein halb bewundernd und halb besorgt.
»Gokart-Fahren«, antwortete Lars Botner nur und drückte erneut aufs Gaspedal. Der Motor heulte auf. »Meine Sucht fing schon im Kindergarten an.« Er lachte heiser. »Und jetzt weiß ich auch, wofür ich all die Jahre trainiert habe!«
Frau Hein drehte sich um. »Geht es euch dahinten gut, Mädchen?«, fragte sie.
Franzi und Marie nickten.
»Da! Da vorne! Da leuchtet etwas!« Kim deutete auf einen hellen Schein, der auf den Blättern der Büsche am Wegesrand tanzte.
»Ist die Frau komplett verrückt?«, fragte Lars Botner verwirrt. »Wo die hinfährt, geht es nicht weiter. Da ist nur der Feienbach.«
Sie bogen scharf rechts ab, um besser einschätzen zu können, wo genau sich der Wagen befand. Und in diesem Augenblick kamen Kims Kopfschmerzen zurück. Heftiger als zuvor. Bestimmt hätte sie sich besser schonen müssen. Aber wie sollte das denn gehen, wenn man gleich zwei Verbrecher jagen musste? Und davon einer auf der Flucht war. Unmöglich! Zumindest für jemanden, der mit Leib und Seele Detektivin war wie sie.
Sie presste die Hand gegen den Verband um ihren Kopf.
»Schlimm?«, flüsterte Franzi mit besorgtem Blick.

Kim nickte und lächelte gequält.
»Es ist bald vorbei«, versicherte Franzi. »Dein voller Körpereinsatz hat sich auf jeden Fall gelohnt.«
In diesem Augenblick machte Lars Botner eine Vollbremsung. Kim hob den Kopf. Vor ihnen auf der Straße starrte sie etwas mit leuchtenden Augen an. Ein schneidender Schmerz durchfuhr ihre Stirn und ihr wurde schlecht.
Lars Botner machte den Scheinwerfer aus. »Immer diese Rehe«, meckerte er. »Wenn sie ein Licht sehen, bleiben sie stehen und rühren sich nicht mehr vom Fleck. Das ist für beide Seiten gefährlich. Für die Rehe und für die Autofahrer. Es gibt immer wieder Unfälle.«
Sobald das Licht aus war, schnüffelte das Reh ein wenig am Asphalt herum und trottete dann langsam über die Straße. Kim sah aus dem Fenster. War das Reh dort, wo es jetzt hinging, sicher? Auch Franzi sah dem Reh besorgt nach.
Lars Botner schien ihre Gedanken erraten zu haben. »Das kommt hier leider häufig vor. Aber dieses Reh hatte Glück. Keine Sorge, es wird sich bald von dem Schreck erholt haben.«
Die Anspannung in Kim löste sich und floss wie ein Strom heiße Schokolade aus ihr heraus. »Darf ich kurz aussteigen und ein bisschen frische Luft schnappen?«, bat sie. »Mir ist ein wenig übel.«
»Klar, die alte Bratenstein ist jetzt sowieso über alle Berge. Oder besser gesagt über alle Flüsse«, meinte Lars Botner. »Lass dir Zeit.«
Erleichtert riss Kim die Autotür mit Schwung auf und kletterte

nach draußen. Ihr war schwindelig und deshalb hielt sie sich mit der Hand am Dach des Wagens fest und beugte den Kopf nach unten. Die frische Luft tat gut. Nach ein paar Atemzügen konnte sie sich wieder aufrichten und ein paar Schritte gehen. Neugierig guckte sie in das Waldstück hinein, in das das Reh verschwunden war.

Etwas entfernt sah sie aufgewühlte Erde und Reifenspuren. Komisch, da vorne ging doch kein Waldweg ab. Das musste sie näher untersuchen. Aber nicht allein, ihre Abmachung galt schließlich noch. »Franzi, Marie, kommt mal!«, rief sie. »Ich muss euch etwas zeigen! Vielleicht habe ich da doch eine Spur gefunden.«

Die beiden sahen sie fragend an, stiegen aber ohne ein weiteres Wort aus und liefen zu Kim.

Kim zog ihre beiden Detektivkolleginnen zu der Stelle, an der es aussah, als wäre ein Elefant durchs Unterholz gestapft. Überall lagen abgebrochene Äste auf dem Boden oder hingen in den anderen Zweigen.

»Du glaubst, Frau Bratenstein ist an dieser Stelle in den Wald gerast?«, fragte Marie.

»Nachts lassen sich die Entfernungen so schlecht schätzen, aber es könnte hinkommen«, dachte Franzi laut nach.

Die drei !!! folgten den Spuren, doch sie kamen nicht weit. Genau vor ihnen sahen sie ein Auto. Es war gegen einen Baum gefahren.

Franzi schlug sich die Hände vor den Mund.

Marie wandte den Blick ab.

Kim starrte das völlig kaputte Auto an. »Das *ist* das Auto von Frau Bratenstein. Wir brauchen einen Krankenwagen. Sofort.«

Plötzlich ging alles ganz schnell. Als hätten sie es vorher verabredet, raste Marie zurück zum Auto, um Frau Hein und Lars Botner zu holen und den Krankenwagen zu alarmieren.
Franzi und Kim eilten zum Autowrack. Frau Bratenstein war über dem Lenkrad zusammengesunken.
»Frau Bratenstein?«, sprach Kim die Verletzte durch das Autofenster hindurch an. »Können Sie mich hören?«
Frau Bratenstein hob langsam den Kopf. Kim und Franzi sahen durch das Fenster, dass ihr von der rechten Schläfe Blut auf das Lenkrad und auf ihre Hose tropfte.
»H...holt mich ... bitte raus«, flüsterte Frau Bratenstein kaum hörbar. »Es ... tut mir leid.«
»Bleiben Sie ganz ruhig«, sagte Kim laut und deutlich. »Wir helfen Ihnen.« Sie wollte die Fahrertür öffnen, doch es ging nicht. Verzweifelt begann sie zu rütteln und zu rütteln. Nichts bewegte sich. Sie bekam die Tür nicht auf. Eine Schockwelle durchströmte Kim und sie konnte keinen klaren Gedanken mehr fassen.
Franzi deutete geistesgegenwärtig auf das Fenster, das in tausend kleine Stücke gebrochen war. Sie nahm einen Stock und brach das zerborstene Glas behutsam heraus. Es rieselte wie grobkörniges Mehl zu Boden. »Vielleicht klappt es, wenn wir die Tür von innen öffnen«, schlug sie vor.
Kim nickte. »Wir müssen es versuchen.«

Vorsichtig griff Franzi durch das Fenster und versuchte, an den Öffner zu gelangen. Ja, da war er! Franzi zog und *klack!* schwang die Tür auf.
»Ihr seid Engel«, wimmerte Frau Bratenstein mit geschwächter Stimme und streckte Kim und Franzi die Hand entgegen.
»Nein, nein, wir sind sicher vieles, aber nichts mit Flügeln am Rücken«, antwortete Kim. Von geflügelten Wesen hatte sie wirklich genug!
Frau Bratenstein stöhnte. »Schon gut, schon gut.«
Kim nahm ihre Hand und Frau Bratenstein stützte sich darauf, während sie sich in Zeitlupentempo vom Fahrersitz löste und mit vor Schmerz verzerrtem Gesicht aus dem Auto schob. Zusammen wankten sie ein paar Schritte.
»Ich würde sagen, Ihre Flucht ist nun zu Ende«, meinte Kim. Sie wusste gar nicht so recht, warum, aber Frau Bratenstein tat ihr plötzlich ein wenig leid.

Totalschäden

»War es das wirklich wert?« Frau Hein kam mit hochrotem Gesicht aus dem Unterholz.

»Sie haben uns alle betrogen und bestohlen und jetzt auch noch der Unfall! Sie können von Glück sagen, dass Sie leben.«

Frau Bratenstein verschränkte die Arme vor dem Oberkörper und senkte den Blick.

»Das geht Sie nichts an!«

»Das geht mich sehr wohl etwas an!«, schrie Frau Hein aufgebracht. »Sie haben aus meinem Sohn einen Verbrecher gemacht. Dafür werde ich Sie zur Rechenschaft ziehen!«

»Es wird sich noch herausstellen, wer hier wen zum Verbrecher gemacht hat«, sagte Frau Bratenstein und nahm dankbar das Tuch, das Franzi ihr reichte, um die Blutung an ihrer Schläfe zu stillen. Dann senkte sie erneut den Blick.

Lars Botner hielt Frau Hein am Arm zurück. »Lass mal gut sein, meine Liebe. Das können wir zu einem anderen Zeitpunkt klären. Frau Bratenstein muss jetzt erst einmal ins Krankenhaus. Der Krankenwagen ist bestimmt gleich hier.«

Beinahe im selben Augenblick hörte Kim leise den unverwechselbaren Ton der Sirene, der durch die Nacht schrillte.

Wenige Minuten später hatten die Sanitäter Frau Bratenstein auf die Liege gelegt und festgestellt, dass ihr bis auf die Platzwunde am Kopf und ein paar böse Quetschungen nichts wirklich Ernsthaftes passiert war. Als die Sanitäter Kims Kopfverband sahen, fragten sie sie, ob sie zur Beobachtung mit ins Krankenhaus wollte. Doch Kim verneinte. Erstens waren ihre Kopfschmerzen mit einem Mal verflogen und zweitens wollte sie sich um nichts in der Welt das Ende dieses spannenden Falles entgehen lassen.

Sie nahm Marie und Franzi an die Hand und lief schweigend mit ihnen zum Auto zurück. Als sie dort waren, stöhnte Kim auf. »Ich schiebe es jetzt mal auf meine völlige Unzurechnungsfähigkeit wegen des Angriffs des Killerbaums, aber wir haben eine Person ganz vergessen …«

»Nein, ich habe …«, versuchte Marie einzuwerfen.

Kim blickte ins Leere und fuhr unbeirrt von Maries Einwurf in schwärmerischem Ton fort: »… den starken Arm des Gesetzes. Unseren Freund, unseren Helfer, den Mann der uns stets mit Rat und Tat, aber auch oft mahnend zur Seite steht …«

Franzi hob die Hand. »Kim! Stopp! Wenn du so weitermachst, hole ich den Krankenwagen zurück und lasse dich gründlich durchchecken!«

»Spinnst du? Mir geht es super. Es ging mir nie besser. Ich wollte nur sagen, dass …«

»Ich habe Kommissar Peters vorhin schon angerufen.« Marie grinste. »Er kommt so schnell wie möglich zum Dorfplatz.«
Kim umarmte Marie und drückte ihr einen Schmatz auf die Wange. »Wenn ich euch nicht hätte!«
Marie und Franzi umarmten Kim zurück. »Dann hätten wir doch auch *dich* nicht!«, rief Franzi.
»Und das wollen wir uns lieber gar nicht erst ausmalen«, ergänzte Marie.

Als sie beim Dorfplatz einbogen, sah Kim sofort den Polizeiwagen, dessen Scheinwerfer den Platz hell erleuchteten. Der künstliche Nebel hatte sich mittlerweile vollständig verzogen, alles sah wieder normal und ganz und gar ungruselig aus. Zwischen den Dorfbewohnern, die in Grüppchen zusammenstanden, liefen Polizisten mit Klemmbrettern umher, um die Daten der Zeugen aufzunehmen.
Kommissar Peters war gerade dabei, Matti zu befragen. Als er die drei !!! aussteigen sah, entschuldigte er sich mit einer knappen Handbewegung bei Matti und überließ ihn einem seiner Assistenten. Er klappte sein Notizheft zu und kam herüber.
»Die drei !!!«, sagte er. »Eigentlich müsste ich es ja besser wissen, aber ich bin doch immer wieder erstaunt darüber, wie schnell und klug ihr die verzwicktesten Fälle löst. Ich bin stolz auf euch! Ihr habt wirklich gute detektivische Arbeit geleistet.«
Kim war verwirrt. So viel Lob? Ob der Kommissar das wohl nicht so ganz ernst meinte?

»Und diesmal bekommen wir keine Strafpredigt, dass wir uns zu weit vorgewagt haben, zu unvorsichtig waren, zu schnell, ach, zu … irgendwas, was wir sonst so sind und Ihrer Meinung nach nicht sein dürften?«, fragte sie deshalb erstaunt.
»Nun … ertappt! So weit war ich mit meiner Ansprache noch nicht«, erklärte Kommissar Peters und guckte absichtlich grimmig. »Allerdings habe ich von Elif, äh … ich meine, von Kommissarin Aslan eingeschärft bekommen, dass ich nicht zu streng zu euch sein darf. Trotzdem: Natürlich wart ihr mal wieder viel zu mutig, wolltet den Fall unbedingt selbst lösen und habt euch unnötigen Gefahren ausgesetzt. Das sehe ich allein daran, dass du einen Verband um den Kopf trägst, meine liebe Kim!«
»Ach, der …« Kim winkte ab. »Der hat eigentlich nichts mit dem Fall zu tun. Zumindest fast nichts.«
»Soso …«, sagte Kommissar Peters. »Da Matti Hein sich mit Informationen bislang recht bedeckt hält, bin ich schon gespannt, wie ihr mir den Fall schildert. Und wie ich euch kenne, habt ihr sicher auch Beweise, die eure Thesen untermauern.«
Marie nickte. »Jede Menge Zeugen, ein geständiges Ex-Mitglied der Bande und die Beute.« Sie holte ein Stoffsäckchen aus ihrer Handtasche, griff hinein und hielt Ketten, Broschen und Ohrringe in die Höhe. »Reicht das?«

Detektivtagebuch von Kim Jülich
Samstag, 23:55 Uhr

Der Fall ist gelöst, das Wildnis-Wochenende vorzeitig zu Ende und ich habe mein Handy wieder. Was für ein Showdown. Da war echt alles dabei: Grusel, gefesselte Verbrecher, eine wilde Verfolgungsjagd und Tränen und Reue. Und auch noch ein niedliches Reh. (Das hatte allerdings mit dem Fall nichts zu tun ...) Also besser kriegen die das im Fernsehen auch nicht hin! Diesen Fall könnten sie glatt bei der Vorstadtwache verfilmen. Denn unser Wochenende erfüllt, wenn man so will, alle Voraussetzungen für eine erfolgversprechende Sonderepisode! (Vielleicht schreib ich mal ein Drehbuch über einen unserer Fälle und gebe es Maries Vater? Der hat doch bestimmt beste Beziehungen zu den Drehbuchautoren dort. Schließlich spielt er in der Serie den Kommissar Brockmeier.)
Unser echter Kommissar Peters hat uns lange zugehört und diesmal ist seine Strafpredigt wirklich nur ganz miniklein gewesen. Denn seine nette neue Kollegin, Kommissarin Aslan, hat ihm geraten, uns etwas mehr zu loben. Auf die hält er nämlich große Stücke. Es war schön, dass er kaum geschimpft hat, denn wir alle waren mit den Nerven echt runter.
Als Matti gehört hat, dass Frau Bratenstein bei ihrer Vernehmung im Krankenhaus ganz allein ihn als den Drahtzieher des Verbrechens beschuldigt hat, hat er sein Schweigen gebrochen und ist mit der Sache rausgerückt. Sein Geständnis war dann teilweise auch für uns spannend. Simone hatte uns ja nur die Kurzfassung über die Anfänge des Vorhabens erzählt, weil wir wenig Zeit hatten. Wir mussten schließlich jede Minute nutzen, um unsere Diebes-Überführung so ausgeklügelt wie möglich durchzuplanen. Am letzten Mittsommerfest, das alle Feienbacher traditionell feiern, sind er und Frau Bratenstein ins Gespräch gekommen. Und Matti hat sie gefragt, was es mit der komischen Anordnung des Dorfes auf sich hat. Frau Bratenstein hat ihm

die alte Sage um den Feenschmuck erzählt. Die Idee, mithilfe dieser Sage an den wertvollen Schmuck der Feienbacher zu kommen, hätten sie beide gehabt. Und den Plan, wie sie das am besten anstellen, dann anschließend auch zusammen ausgearbeitet. Simone hatte Matti erst später bei einem Spaziergang getroffen. Simone hatte ihren Hund Herzilein dabei und hat erwähnt, dass sie dringend Geld für die teure Operation braucht. Matti hatte ihr daraufhin das Blaue vom Himmel versprochen und vor allem, dass sie nach der Räuberei genug Geld haben würde. Ist das nicht gemein? Er hat ihre Notlage schamlos ausgenutzt. Natürlich hätte Simone auch Nein sagen können, doch ich kann es verstehen, dass sie sich darauf eingelassen hat. Schließlich wollte sie ihren geliebten Herzi retten.
Das alles wussten wir ja schon – mehr oder weniger. Was dann noch zum Vorschein gekommen ist, ist echt der Hammer und lässt mich an meiner Menschenkenntnis zweifeln. Davon hatte niemand auch nur einen blassen Schimmer, selbst Simone war in diesen Teil des Plans nicht eingeweiht gewesen. Wir alle fanden Matti nett!! (Marie hat anfangs sogar ein wenig für ihn geschwärmt.) Das kann ich allerdings jetzt überhaupt nicht mehr nachvollziehen. Denn was er gemacht hat, ist unverzeihlich. Um die Wirkung des Fluchs zu untermauern, hat er seine Mutter aus dem Fenster geschubst!!! Ist das zu glauben? Er hat zwar Matten unten hingelegt, aber trotzdem hat er riskiert, dass ihr etwas Schlimmeres hätte passieren können. Herr und Frau Hein sind völlig fertig und total am Ende. Herr Hein hat sogar gesagt, dass er Matti nie wieder sehen will. Aber das hat er bestimmt nur im ersten Zorn gesagt, schließlich ist Matti sein Sohn ...
Frau Bratenstein sieht im normalen Leben überhaupt nicht aus wie eine böse Hexe. Sie hatte sich nur für die »Auftritte« vor unserer Workshopgruppe so verkleidet, um uns Angst zu machen und um glaubhafter zu wirken. Deswegen war sie auch immer gleich verschwunden, wenn sich ein Feienbacher gezeigt hat.
Nun hat Kommissar Peters sie in die Stadt zum Verhör mitgenommen. Mal sehen,

welche Strafen die beiden bekommen werden. Ob Simone wohl mit einem blauen Auge davonkommt? Haha, einen blauen Fuß (den sie übrigens für uns mit Lidschatten gefärbt hatte, damit die vorgetäuschte Verletzung möglichst glaubwürdig aussieht) hatte sie ja schließlich schon!!!

Geheimes Tagebuch von Kim Jülich
Sonntag, 00:13 Uhr

► Ich bin viel zu müde, um mir eine fiese Drohung auszudenken. GÄHHHHHN!!!
Tut, was ihr nicht lassen könnt, aber wehe ich bin wieder wach genug, dann ... ◄
Frau Hein hat uns alle (sogar Simone) eingeladen, bei ihr im Haus zu übernachten. Herr Hein macht uns gerade Tee und Marie und Franzi helfen ihm, Brote zu schmieren. Ich hoffe, ich kriege noch ein paar Zeilen hin, bevor ich hier auf dem Sofa einschlafe. Zum Glück sind meine Kopfschmerzen weg. Mir gegenüber sitzen Knut und Ria – eng umschlungen. So niedlich, die beiden! Jesper hat Frau Hein in ein Gespräch über die neuesten Kräutertipps verwickelt. Sie lächelt sogar ein wenig. Vielleicht lenkt sie das von den Gedanken an Matti ab. Simone allerdings sitzt traurig in der Ecke auf einem Sessel. Ich gehe mal mit einer Tasse Tee und einem Schnittlauchbrot zu ihr rüber ...

Herzilein

»Das ist einfach so was von obercool von deinem Vater«, sagte Kim, schob sich ein extragroßes rotes Gummibärchen in den Mund und kaute mit vollen Backen. »Ich meine, daff er Härfzi umfonft behandelt.«

»Kim, jetzt schluck doch erst mal runter«, sagte Marie entsetzt. »Also echt. Wir sind nicht mehr in der Wildnis, sondern wieder in der Zivilisation. Ab jetzt kann ich erwarten, dass du die wichtigsten Tischmanieren beherzigst.«

Kim streckte Marie die Zunge raus. »Ist ja gut, ist ja gut. Ich beherzige eben Herzilein. Franzi versteht mich da sicher sehr gut!«

Franzi grinste. »Mir wäre es auch lieber, wenn auf dem Boden unseres Hauptquartiers keine Gummibärchenbrocken kleben würden.« Mit spitzen Fingern hob sie ein grünes Bärchen auf, das heruntergefallen war, und ließ es vor Kims Nase baumeln. »Herzilein und Simone kommen übrigens gleich. Mein Vater will ihn erst noch einmal gründlich untersuchen, bevor er ihn operiert.«

»Cool! Herzilein ist der netteste Riesenschnauzer, den ich kenne. Sein Name ist Programm!« Kim streckte die Beine aus und dehnte die Arme nach oben.
Ihr Feenabenteuer lag nun eine Woche zurück und heute hatten sie wie jede Woche Clubtreffen in ihrem Hauptquartier, dem alten Pferdeschuppen auf dem Hof von Franzis Eltern.
Es war seltsam. Einerseits fühlte es sich so an, als säße sie immer noch mit Franzi und Marie auf der Feenlichtung. Sie musste nur in den Spiegel schauen – und der weiße Kopfverband holte die Erinnerung auf einen Schlag zurück. Und doch war in dieser Woche viel passiert.
Sie hatten sich mit Simone und Herzilein getroffen und sie hatte den Artikel über das Wochenende geschrieben. Genau genommen hatte sie drei Texte verfasst. Einen über Wildnis-Wochenenden und Überleben im Freien. Einen über Feienbach und seine merkwürdige Bauweise. Und einen über den verbrecherischen Feenspuk, den sie aufgeklärt hatten. Es war Kim schon beim Schreiben klar gewesen, für welchen Artikel sich Sebastian entscheiden würde. Nämlich für den, der ihr am leichtesten von der Hand gegangen war und den sie insgeheim auch am besten fand. Den mit der Headline: »Der Waldfee-Betrug«.
Außerdem hatte Kommissar Peters sie alle in das Restaurant von Jespers Mutter, das *Kraut & Rüben,* eingeladen. Jesper hatte das Menü für den besonderen Abend zusammengestellt und es hatte so gut geschmeckt, dass Kim immer noch das Wasser im Mund zusammenlief, wenn sie an den gebratenen Quinoa-

Kürbis mit Zucchini-Mandel-Gemüse dachte. Dass veganes Essen so lecker sein konnte, hatte sie bisher gar nicht gewusst!

»Herzilein, nicht!«
Das hölzerne Schiebetor öffnete sich rumpelnd einen kleinen Spalt und ein sandfarbener Riesenschnauzer quetschte sich blitzschnell hindurch. Mit heraushängender Zunge stürzte er sich auf Kim, stellte die Vorderpfoten auf ihre Knie und versuchte, ihr Gesicht abzuschlecken.
Kim stand auf und streichelte den Hund, der vor Freude mit dem Schwanz wedelte und sie mit seinen unwiderstehlichen Kulleraugen bittend ansah. Kim kribbelte die Freude darüber an den Haarwurzeln und sie strubbelte sich durch das kurze braune Haar. Normalerweise passierte so eine Tierliebe-auf-den-ersten-Blick immer nur Franzi. Doch diesmal nicht! Herzilein war hübsch und lustig und er liebte – sie! Kim!
»Nein, heute gibt es keine Leckerli«, sagte Simone, die lachend auf die drei !!! zusteuerte. »Du musst für die Untersuchung nüchtern sein!«
»Hallo, Simone, hallo, Herzilein«, begrüßte Franzi die beiden. »Ich hoffe, ihr seid nicht zu aufgeregt.«
»Nein, ich vertraue deinem Vater«, antwortete Simone ernst. »Und er hat gemeint, dass Herzilein sicher wieder auf die Beine kommt. Schließlich ist er noch jung!«
Franzi nickte.
»Und wie geht es euch sonst?«, fragte Marie. »Weißt du etwas über Matti und Frau Bratenstein?«

Nun nickte Simone. »Kommissar Peters war sehr freundlich zu mir, aber auch ziemlich deutlich. Er meinte, dass den beiden eine saftige Geldstrafe drohe und dass Matti viele Sozialstunden ableisten müsse. Möglicherweise bekommt Frau Bratenstein sogar eine Gefängnisstrafe auf Bewährung …«

»Bekommst du auch eine Geldstrafe?«, fragte Kim Simone erschrocken.

»So wie es aussieht, bekomme ich nur ein paar Sozialstunden aufgebrummt«, sagte sie. »Das finde ich aber gar nicht schlimm. Ich darf sie im Tierheim ableisten. Da kann ich Herzilein mitnehmen.«

»Das klingt gut.« Kim umarmte Simone.

Herzilein nahm das zum Anlass, an den beiden hochzuspringen.

»Ich war sogar schon dort«, fuhr Simone fort. »Und jetzt ratet mal, wer da auf der Liste der freiwilligen Helfer steht? Na?«

»Mach es nicht so spannend!«, forderte Kim sie auf, weiterzuerzählen.

»Knut! Wenn das mal nicht toll ist. Dann sehe ich ihn und Ria also auch bald wieder!« Simone strahlte über das ganze Gesicht. »Ach, es ist so schön, dass ihr mir meine blöde Aktion als Fee verzeihen konntet und ich euch als Freundinnen gewonnen habe.« Sie schielte mit feuchten Augen zu Herzilein. »Ich danke euch für alles, was ihr für mich getan habt.«

Marie zwinkerte Simone zu. »Wir? Ich dachte, das war der Gegenfluch, den die Fee ausgesprochen hat?«

Alle prusteten los.

Nur Kim lächelte in sich hinein. Denn nun, ganz plötzlich, still und leise, beschlich sie das Gefühl, dass in diesem Fall womöglich doch eine Fee am Werk gewesen war– eine gute!

Ann-Katrin Heger ist fasziniert von Orten, die ein wenig anders sind: dunkle Wälder, weites Meer, hohe Berge und tiefe Schluchten. Ein kreisförmiges Dorf? Nichts wie hin! Mal sehen, was sie dort erwartet ...

Leseprobe

Mira Sol:
Legende der Einhörner

Kim sprang ein. »Guten Tag! Wir sind vom Schülerjournal und machen eine Reportage über alte Bibliotheken.«
Der Professor runzelte die Stirn. »Das ist sicher eine gute Sache. Aber mir wäre es sehr lieb, wenn ich unterrichtet werde, bevor fremde Personen in diesen sensiblen Bereich gelangen.«
Meri schluckte. »Ja, sicher. Daran haben wir nicht gedacht.«
»Nun gut.« Der Professor lief zu einem der Arbeitstische an der Wand und sah sich suchend um. »Ich habe mein Handy hier vergessen«, murmelte er.
Er sah auf seine Armbanduhr. »Es ist schon nach sechs. Meine Damen, wollen Sie nicht für heute Schluss machen? Das Wochenende ruft.« Sophie wies mit dem Kinn zum Kopiergerät. »Wir wollten noch ein Kapitel einscannen.«
Der Professor nickte. »Wenn Sie meinen. Aber dann darf ich die drei jungen Damen bitten, mit mir zu gehen. Habt bitte Verständnis, aber aus versicherungstechnischen Gründen kann ich es nicht verantworten, dass ihr mit zwei studentischen Aushilfskräften hier alleine seid.«
Marie setzte ein gewinnendes Lächeln auf. »Wir bräuchten nur noch ein paar Minuten.«

Professor Gercke schüttelte den Kopf. »Nicht ohne meine Anwesenheit. Ihr könnt gerne nächste Woche kommen, wenn ich da bin.«
Marie runzelte die Stirn und setzte zum Sprechen an. Sophie kam ihr zuvor. »Lasst uns telefonieren und einen Termin ausmachen, okay?«
Die drei !!! tauschten einen kurzen Blick. Es war offensichtlich, dass die Studentinnen keinen Ärger mit ihrem Professor haben wollten.
Franzi nahm ihre Jacke und ihren Rucksack. »Alles klar. Kommt, wir gehen.«
Kim und Marie schnappten sich ebenfalls ihre Sachen und verabschiedeten sich von den Studentinnen.
»Ich ruf dich an«, sagte Meri zu Franzi und klopfte ihr auf die Schulter. »Tut mir leid, dass das jetzt so gelaufen ist.«
Franzi schüttelte den Kopf. »Das ist kein Problem. Bis bald!«
»Nichts für ungut«, sagte Professor Gercke, nachdem die schwere Schlosstür hinter ihnen zugeschlagen war. »Ich finde es wirklich sehr schön, dass ihr euch für Bibliotheken interessiert. Aber die Bestimmungen der Versicherungen sind streng. Ich möchte meinen Ruf nicht aufs Spiel setzen.«
Die drei Freundinnen liefen mit dem Professor bis zum Ende der Steinbrücke. Dort verabschiedete sich der Mann von ihnen und nahm mit schnellen Schritten den Weg zum Westtor.
Franzi zwinkerte. »Sollen wir noch mal zurück ins Schloss?«
»Lieber nicht«, meinte Kim. »Ich will nicht, dass Meri und Sophie wegen uns Ärger kriegen.«

Marie tippte auf ihre Armbanduhr. »Außerdem haben wir gar nicht mehr so viel Zeit. Lasst uns zu mir nach Hause gehen.«

»Na gut«, antwortete Franzi sofort. »Ich freue mich schon total auf den Babysitterabend. Dein kleiner Bruder ist so süß.«

Marie nickte. »Das ist er wirklich. Aber ich warne euch: Finn wird versuchen, uns um den Finger zu wickeln, um ewig wach bleiben zu dürfen.«

»Das macht doch nichts«, meinte Kim. »Dann schlagen wir uns eben die Nacht um die Ohren. Morgen können wir schließlich ausschlafen.«

Die Mädchen liefen durch die einsetzende Dämmerung in Richtung Osttor.

Franzi seufzte. »Schade, dass wir nur so ein kurzes Stück von den Geheimgängen sehen konnten.«

Kim seufzte ebenfalls. »Ehrlich gesagt, finde ich das gar nicht so schlimm. Diese Gänge sind schon verdammt eng.« Sie rückte ihre Tasche zurecht. »Aber die Geschichte mit der Wunderkammer fand ich spannend. Ich würde gerne mal einen Blick in dieses Tagebuch werfen.«

»Hoffentlich meldet sich Meri bald«, stimmte Franzi zu. »Vielleicht ist es ja tatsächlich in einer der Kisten, die an den Restaurator geschickt wurden.«

»Wittert ihr etwa einen neuen Fall?« Marie grinste und flötete: »Die drei !!! auf der Suche nach der geheimen Wunderkammer. Warum nicht?!«

Kim zuckte mit den Schultern. »Mach dich nur lustig. Ich find's spannend.«

Sie bogen in die Allee ein, die ins Ostviertel führte, in dem Marie wohnte.
Plötzlich blieb Marie stehen und sah durch die schmiedeeisernen Stäbe des Zauns, der das Grundstück der Villa neben ihr umgab. »Was war das?« Sie deutete in den hinteren Gartenbereich, in dem sich die schwarzen Silhouetten von mehreren mächtigen Tannen erhoben. »Da hat was geleuchtet.«
Franzi reckte den Hals. »Ich sehe nichts.«
»Doch«, beharrte Marie. »Da war ein blaues Leuchten.«
Franzi kniff die Augen zusammen. »Vielleicht ein Wetterleuchten? Es fängt bestimmt gleich an zu regnen.«
»Ich weiß nicht«, sagte Marie zögernd.
Im nächsten Moment riss Franzi die Augen auf. Ein blaues Schimmern war zwischen den Tannen aufgetaucht. Es nahm an Stärke zu, schien auf und ab zu schweben und zitterte unruhig.
Und dann blieb Franzi der Mund offen stehen. Im Zentrum des blauen Leuchtens tauchte eine kleine weiße Gestalt auf: ein steigendes Pferd, dessen lange Mähne wild im Wind flatterte.
Franzi schluckte. Mitten auf der Stirn des Tieres prangte ein langes, silbern glänzendes Horn.
Mit einem Schlag erlosch das Licht und die Gestalt wurde von der Dunkelheit verschluckt.
Franzi schüttelte den Kopf. »Leute, ich hab Halluzinationen«, presste sie hervor.
Marie fasste sie am Arm. »Hast du etwa auch ein …«
»… Einhorn gesehen?«, ergänzte Kim.

Marie lachte hysterisch. »Das kann ja wohl nicht wahr sein.« In der nächsten Sekunde hörten sie einen schrillen Schrei.

Willst du wissen, in welchem spannenden Fall die drei !!! diesmal ermitteln?
Dann frag in deiner Buchhandlung nach:
Die drei !!! – Legende der Einhörner, ISBN: 978-3-440-16954-4

Die drei !!!
Die spannenden Fälle von
Kim, Franzi und Marie
gibt es auch als Hörspiel!
Fall 69
Die drei !!!
Nacht der Wölfe
LANGEWEILE
TOP SECRET
GIBT'S HIER NICHT!
Fall 70
Die drei !!!
Gefährliches Spiel
1,2,3– Power!
EUROPA
Überall im Handel, als Streaming und zum Download.
www.diedreiausrufezeichen.de
@diedreiausrufezeichen.de
EUROPA